AF260577

Dr Robert Lee Moore J.P.

(Photo copyright: Ards and North Down Borough Council)

WULLIE GUNYUN'S CRACK FRAE CLABBER RAW

A collection of short stories in Ulster-Scots written by Robert Lee Moore

Transcribed, compiled, edited and introduced by
Anne Smyth and Philip Robinson

PUBLISHED BY THE ULSTER-SCOTS ACADEMY PRESS FOR THE
ULSTER-SCOTS LANGUAGE SOCIETY

This collection of short stories by Robert Lee Moore (1862-1946) was mostly printed in the *North Down Herald and County Down Independent* in 1910 and 1911 and has been transcribed, compiled and edited by Anne Smyth and Philip Robinson (editors).

Anne Smyth and Philip Robinson © 2021

ISBN 978-1-9163758-9-5

Cover photo is of Church Street, Bangor

THE PRIDE O' CLABBER RAW

As A went doon sweet Clabber Raw,
    Yin week-en efternin,
Ma een lit on a wee blue shaw'
    An a pair o' gutty shin.
The wearer was a lass sae trig,
    Her face wuz fair and braw;
The lass A met ayont the brig,
    The Pride o' Clabber Raw.

Her form sae plump, her fit sae licht,
    Her een sae like the sin,
Her lauch sae happy and sae bricht.
    Her heed weel set and trim.
Her step sae like a weel timed jig.
    Her feet sae nate an' sma',
The lass A met ayont the brig.
    The Pride o' Clabber Raw.

Ma heart tae her at yince gaed oot,
    O' it A lost control;
At ivery step it gaed a loup,
    Ma heart the lassie stole.
Fur this A didnae care a fig.
    She gae'd me hers an' aw.
The lass met ayont the brig,
    The Pride o' Clabber Raw.

An' noo we're wed, we twa ir yin,
    Oor hearts aye bate thegither,
Oor coorse thro' life wull smoothly rin,
    Jist like a deep, braid river;
We're baith set oot tae plew the rig,
    Nae bickers wull it thraw
Tae vex the lass, sae fair an' trig.
    The Pride o' Clabber Raw.

'Wullie Gunyun'
(Robert Lee Moore)
3 March 1911

This book is a companion volume to *The Leevin Tongue: An Historical Record of Ulster-Scots in County Down* by Robert Lee Moore, edited by Anne Smyth and Philip Robinson (Ulster-Scots Academy Press, 2021). *The Leevin Tongue*'s 3000-word glossary serves not only as a record of the Ulster-Scots language used by him in these writings, but also as a full glossary to this book.

ACKNOWLEDGEMENTS

In October 2019, a working group of the Ulster-Scots Academy organised several public workshops on aspects of R L Moore's work on Ulster-Scots as part of the Ballywalter Ulster-Scots Festival. The materials presented were from the archival collections of the Ulster-Scots Language Society, and included transcripts of his Wullie Gunyun stories. These workshops were facilitated by the Ballywalter Historical Society, under its chairman Billy Carlile in partnership with the Ulster-Scots Language Society, and the sessions were led by Anne Smyth and Philip Robinson. This volume and its companion volume *The Leevin Tongue* (USAP 2020) are a direct consequence of this event. The Ulster-Scots Academy's local working group also acknowledges with gratitude the support the Ballywalter Historical Society has given towards the publication costs of these books.

CONTENTS

ROBERT LEE MOORE (1862-1946) xi

INTRODUCING WULLIE GUNYUN xiii

INTRODUCING CLABBER RAW xix

Chapter 1 Wullie Gunyun meets an auld acquaintance 1

Chapter 2 Wullie Gunyun at the Bangor Cooncil.
What he heard an' saw an' spauk 7

Chapter 3 Wullie an' the Suffragists 10

Chapter 4 Wullie Gunyun an' the "Buttin' Folk" 14

Chapter 5 Wullie Gunyun an' some o' the auld Bangor
Worthies 22

Chapter 6 Wullie Gunyun at the Fitbaw Match 27

Chapter 7 Wullie Gunyun Referees a Fitbaw Match 32

Chapter 8 Wullie Gunyun Interviews the new Member
for North Down 37

Chapter 9 Wullie Gunyun's Substitute at the Unionist
meeting 43

Chapter 10 Wullie Gunyun an' the Election o' Mister
Mitchell-Thamsin 49

CONTENTS

Chapter 11 Wullie Gunyun's Blethers aboot the Pickie Soomin' Pond   55

Chapter 12 Wullie Gunyun's Crack wae Medley Barrett   62

Chapter 13 Wullie Gunyun's Cracks: The Story o' the Tay Perty   70

Chapter 14 Wullie Gunyun an' the Ludgers   76

Chapter 15 Wullie Gunyun an' the Speakin' Doll   83

Chapter 16 Wullie Gunyun Gangs tae Copley's Theatre   88

Chapter 17 The Katch-My-Pawls "Graund" Dale   94

Chapter 18 Wullie Gunyun Proposed fur the Toon Cooncil   99

Chapter 19 Wullie Gunyun as a Candidate fur Bangor Toon Cooncil   105

Chapter 20 Wullie Gunyun an the Toon Clerk   119

Chapter 21 Wullie Gunyun an' the Election   125

Chapter 22 A Big Nicht in Clabber Raw   131

Chapter 23 Setterday efternin in Clabber Raw   147

Chapter 24 Wullie Gunyun an' the Doodrim Skirt   152

Chapter 25 Wullie Gunyun an' the Canon   156

CONTENTS IX

Chapter 26 Wullie Gunyun an' the Dug Leeshuns   161

Chapter 27 Alick Maqueelin's Waddin'   168

Chapter 28 The Clabber Raw Revolt   178

Chapter 29 Clabber Raw   183

Chapter 30 Clabber Raw Cooncil   188

Chapter 31 Clabber Raw Election   192

ROBERT LEE MOORE (1862-1946)

Dr 'Bob' Moore was born in 1862 and completed his medical training in Liverpool by the age of 25. After his marriage to his full cousin Jemima Moore in Belfast in 1889, he established his career-long medical practice (and family home) on the sea-front of Bangor. This was Redcliffe House, later the Redcliffe Hotel, and now the 'Salty Dog' Restaurant and Bar. He built Redcliffe House after buying the site opposite the harbour pier in 1890. Mrs Jemima Moore died in 1900 and in 1906 Dr Moore married again, to Frances Gill of Ambleside in the Lake District.

In his youth 'Bob' Moore was a noted association footballer and athlete. He played half-back for the Ulster Football Club, based in east Belfast, and won two international caps in 1887, against Scotland and Wales. His love of sport continued after his marriage and setting up home and medical practice in Bangor. He was a leading member of the old Bangor Bay Sailing Club and belonged to the Royal Ulster Yacht Club. A founder member of Bangor Golf Club when it opened in 1903, he became its second President in 1905.

Although both his parents were from a Presbyterian background (his father's family having their roots in Ahoghill and Larne, in County Antrim, and his mother's side being Andersons from the Cottown area east of Newtownards in County Down), Robert and Jemima Moore were members of Bangor Abbey Church of Ireland.

In 1946 Robert Lee Moore was laid to rest at Bangor Abbey at the age of 84, and his obituary in the local press noted:

*"He had a marked sense of humour and an inexhaustible
fund of stories about old Bangor personalities and events,
and he was an authority on Co. Down lore and dialect. The
collection of Ulster words and phrases was his hobby, and he
wrote extensively on the subject."*

Dr Moore had been a medical practitioner in the town for
over 50 years. He was a Life Governor of Bangor Hospital, with
which he had been closely associated from its beginning, and as
the town's 'Police Doctor' his name frequently appeared in the
local press as a police witness in court. A Unionist in politics,
he served on the Bangor Urban Council for two years, and was
Council vice-chairman in 1900.

INTRODUCING WULLIE GUNYUN

Wullie Gunyun (William Gunning) was the pen name used by Robert L Moore for a series of over 30 short stories in Ulster-Scots that he published regularly between March 1910 and December 1911 in the *North Down Herald and County Down Independent* newspaper. 'Wullie' was both narrator and hero of these humorous stories about topical events, personalities and everyday life in Bangor and the 'hame ferm' at Ballybuttle between Newtownards and Donaghadee, from which he and wife 'Betty' had flitted to 'Clabber Raw'.

W G Lyttle's "Wully Gunyin" – a character in *Robin's Readings*

Wullie Gunyun was not, strictly speaking, an original creation of Robert Lee Moore, but rather of Wesley Greenhill Lyttle (1844-1896), who had established the *North Down Herald* newspaper in Newtownards in 1880 before moving it to Bangor in 1883. Before R L Moore set up his home and doctor's practice in Bangor, W G Lyttle had become a hugely popular Ulster-Scots author, whose works included humorous monologues, recited in the speech of an Ards farmer called 'Robin Gordon', that were reproduced regularly in the *North Down Herald* before being collected and published in book form as *Robin's Readings* about 1880.

In one of Lyttle's tales ("Peggy and How I Courted Her"), Robin Gordon tells how he met his wife Peggy, and mentions a neighbour called "Wully Gunyin":

> *"My, the fowk did tell quer things aboot her. They said that whun she got oot o' temper aboot ocht she wud a pu'd the pigs' ears till they squeeled maist dreedfully, an' lickit them wi' sally rods till they wur a' in walts; an' mony a time A heerd them sayin' that she dookit* **Wully Gunyin** *in the horse hole because he passed a joke wi' Peggy in the hey fiel' yin day."*

Moore's Wully Gunyun's wife was called Betty, and she too gets a mention in another of Robin's stories ("Paddy M'Quillan's Twins"):

> *"Shair Paddy M'Quillan's wife haes twuns!" sez she.*
> *"Haud yer tongue!" sez I, "yer shairly jokin'."*
> *"It's as true as yer stannin' there, Rabin," sez auld* **Betty Gunyin***, that wuz sittin' at the fire, warmin' hersel'.*
> *"Oh, is that you* **Betty***?" sez I.*
> *"It is that, Rabin," sez she; "dae ye fin' yersel' gettin' ocht stronger?"*

When R L Moore reintroduced Wullie Gunyun to the readership of the *North Down Herald* in 1910 (14 years after the death of W G Lyttle), he was careful to establish that Wullie had been an 'auld freen' of Robin Gordon's. In chapter 9 of this book ("Wullie Gunyun's Substitute at the Unionist meeting"), Moore even goes so far as to observe that Robin Gordon had lived in W G Lyttle's house, 'Mount Herald' in Bangor, after moving there from Newtownards!

"Cum, doctor," sez I, "gie me his name at yince. A'm satisfied efter what ye hae said that he's the richt man fur the job."

"His name," says the doctor, "is Jimmy Sevige, an' he leeves up in **Moont Herald.***"*

"Why," sez I, "that's **the very hoose that ma auld freen Robin Gordin leev'd in** *fur a lang time efter he shifted frae Newton tae Bangor."*

In another story ("Wullie an' the Suffragists"), R L Moore has Wullie Gunyun again making mention of his 'frien' Robin Gordon – *"Aye," sez he, "ma name's Patrick Cammil, jist wee Cheeney Paddy, as* **yer frien Robin Gordin** *aye ca'd me."* And in one of the earliest Wullie Gunyun stories to appear ("Wullie Gunyun at the Bangor Cooncil. What he heard an' saw an' spauk"), Moore even goes as far as to say that Wullie Gunyun could only find his voice when he remembered how Robin Gordon used to speak (in Ulster-Scots), at meetings of the same Council:

Wanes, dear, A wus fairly bewunnered whun A went into thon gran' house whaur the Bangor Cooncil haud their meetins. A mine richt weel whun they us't to haud them in the auld biggin' in Ballymagee Street. Them wus the stirrin' times. **A went yin nicht wae Robin Gordin.** *Erchie Thamsan wus on the Boord at the time, an' A'm thinkin' he geed us value … A got tae ma feet, but it wuz a guid while afore A cud think o' onything tae say.*

Hooinever, A begood tae think o' **th' wye Robin Gordan spauk** *at the meetins lang ago – an a change cum iver me – an' it wuznae lang till A jist felt as if A cud speak fur a hale week.*

But if the personage of Wullie Gunyun was drawn from *Robin's Readings* by W G Lyttle, there was nothing derivative about the character that R L Moore brought to life.

R L Moore's "Wullie Gunyun" – from Ballybuttle to Clabber Raw, Bangor

Robert Lee Moore provides Wullie Gunyun with a rural background, accepted in Bangor, but never a 'townie'. He had sold his farm in the Ards, but still kept his contacts with Ballybuttle, an actual townland between Cotton and Carrowdore, near Ballyhay, on the road from Newtownards to Donaghadee. This is the part of the countryside with which R L Moore had particular familiarity, even though he was brought up in Belfast. His mother was an Anderson from this locality, and Moore's familiarity with the area suggests he had spent many summers there as a child. In the late 19th century there were numerous Andersons (and Gunnings) still farming in and around Ballybuttle, and Robert L Moore actually claimed a family connection with the district going back 400 years.

In the very first Gunyun tale, "Wullie Gunyun meets an auld acquaintance", Moore describes how Wullie had come to Bangor to live, but often was homesick for his small farm in Ballybuttle:

> *Iver since A cum tae Bangor tae leeve A hivenae had muckle tae tak up ma time, an' A think gye'n lang betimes. A afen wush A wuz bak on ma bit ferm in Ballybuttle.*

The Wullie Gunyun stories are simply peppered with references to Ballybuttle, as Wullie would take himself off there every now and then:

> *As maist o' ye nae doot ken A hae bin awa doon at Bal-*
> *lybuttle for the last while bak, helpin' ma auld frien', Wullie*
> *Kirk, tae hervest the crap.*

Indeed, "Wullie Kirk's" daughter, "Miss Kirk" soon enters the stage:

> *A think the best thing A cud dae is tae gaun oot tae*
> *Ballybuttle an' git Wullie Kirk's dochter tae cum in tae gie*
> *ye A haun,*

and she eventually becomes a semi-permanent lodger with the Gunyuns in Clabber Raw.

In one of the stories, the home farm of Wullie's father in the Ards was even described as being close to the newly-built railway line from Newtownards to Donaghadee (opened in 1858):

> *A cudnae help tellin' Mister Gillis o' the time the first*
> *train run doon past ma fether's place, an' whut A thocht*
> *it wuz. It wuz jist like this — A wuz plooghin' in yin o' the*
> *fields nixt the new line, an' whun the train whuzzed past,*
> *A drappit the riens an' aff tae ma heels tae whaur ma daddy*
> *wuz fittin' peats in the moss, an' yellin' fur aw A wuz worth*
> *that "the smiddy had run awa wae a raw o' hooses".*

Ballybuttle was part and parcel of the stories, the semi-fictional but wholly plausible place you encountered on the road out of Bangor via Clabber Row. It was down the road to Six-Mile-Ends and the start of the 'Long Moss' at Cotton that extends down the middle of the Ards Peninsula. Wullie describes the journey back: *"alang the dark, bleak, moss road that leads frae* **Ballybuttle** *tae Bangor. Hooaniver at lang an' last we got tae Clabber Raw, an' it wuznae a great time till we arrived."*<

INTRODUCING CLABBER RAW

Clabber Raw (Mucky Street) was the street in Bangor where Wullie Gunyun had come to live with his wife Betty from Ballybuttle in the Ards. As far as Bangor was concerned, the street name was completely fictitious. However, there was a part of Greenwell Street in Newtownards that was known as "CLABBER ROW". (As the word "clabber" in Ulster-Scots means 'mud, clay, dirt, mire', it is not surprising that as a street name it was unlikely to have gained official recognition anywhere). However, the real Clabber Row was in fact on the western edge of Newtownards, and only a short distance from the actual townland of Ballybuttle.

As far as the real Clabber Row in Greenwell Street, Newtownards is concerned, the name was not an official designation, but it does occur in the 'documentary record'. A surviving fragment of the 1841 census for the Ards Barony records details of a family (that of James and Agnes Kirk) living in "Clabber Row, Newtownards". Then, in December 1869, the *Belfast Newsletter* reported on a *"Newtownards Bazaar in Aid of the projected 'Clabber Row' School-House."* The names of the stall-holders and donors reveal that this was not just a local effort, but was supported by the great and good of the Ards. The site had been purchased already: *"Rev. J. G. POOLER returns thanks to the Ladies who so kindly undertook Stalls, and to the numerous friends who, by their presence and gifts, so largely contributed to the success of the Bazaar. As the site has cost £100, a further sum of £200 is still required to complete the projected School-house. Subscriptions are, therefore, earnestly requested, and will be received by the Treasurer,*

WILLIAM PARR, Esq, Belfast Bank, Newtownards; also, by Rev.
J. G. POOLER, Glebe House, Newtownards".

In September 1873, the *Newtownards Chronicle* published
a humorous 'fiction' letter written in Ulster-Scots, supposedly
from a "Tam Noddy" of "7, Clabber Row". This letter could
not have been written by Robert L Moore, as he was born in
1860 and was only 13 at the time. But it does provide an in-
teresting precedent:

> *No. 7, Clabber Row.*
> *1st September, 1873.*
>
> *MISTER EDDITOR, – My ould wumman an' me wur
> terribly frichtened by a letter in the last Kronikel, frae the
> much respeckit Chareman o' the toon Commishuners, tryin
> tae prove that the wurl moves. We hae harly slep a wink
> since ...".*

But perhaps the best descriptions of the original Clabber
Row in Newtownards come from the following contemporary
accounts of the 12th of July celebrations in the town in 1880
and 1881.

In the *Northern Whig* for the 13th of July 1880, there was a
report of an Orange Arch in the "Clabber Row" end of Green-
well Street:

MOUNTSTEWART

> *Yesterday morning the Orangemen of the lately formed
> district (No. 4) assembled at this place, the Irish residence of
> the Marquis of Londonderry, K.P.*

> *In the morning early the sound of fife and drum was
> heard in all parts of Newtownards. Orange garlands were*

displayed in Mark, Frederick, William, Court, Movilla, East, Wallace, and other streets; but, **as usual, the arch in the "Clabber Row" end of Greenwell Street was the best in town.** *Flags were displayed from many windows, notably those in which lodges have their places of meeting. About half-past ten o'clock the brethren commenced to assemble in the streets, and at eleven, according to previous arrangement, the lodges, sixteen in number, set out from Conway Square, where they assembled, and marched to Mountstewart.*

The following year, the Newtownards Chronicle reported on 16th July 1881:

THE ORANGE ANNIVERSARY. THE TWELFTH IN NEWTOWNARDS

The anniversary was celebrated with more than ordinary eclat in this town on Tuesday, and the preparations made for the occasion even surpassed any that had been in previous years.... Almost all the thoroughfares were spanned with arches, which were constructed with much taste.... Two of the finest arches, perhaps, spanned the Bangor Road, at the end of Zion Place, and the other in George's Street. Both were elaborately got up, and each had in the centre a hoop, which was composed of a solid mass of orange lilies. **There were also two in Greenwell Street — one near the "Devil's Elbow," and the other at the eastern end, in the vicinity of what is popularly called "Clabber Row".**

Of the last dozen or so Wullie Gunyun stories that Robert Lee Moore wrote in 1911, almost all are set in "Clabber Raw". Here Wullie and his neighbours covered every imaginable topic, but a favourite one was the politics of the day and the local 'toon cooncil'. The stories included: "Clabber Raw", "A Big Nicht in Clabber Raw", "Clabber Raw Cooncil", "Clabber Raw Election", "The Clabber Raw Revolt", "The Pride o' Clabber Raw" (song), and "A Seterday efternin in Clabber Raw".

Dr Moore himself served on the Bangor Urban Council for two years, 1899 and 1900, and was vice-chairman in the latter period. In "A big Nicht in Clabber Raw", the Raw's own councillor gets elected Meer (Mayor) and the celebrations involve not only a turnout of the *"Clabber Raw Fewt Ban"* (Flute Band) but a "surree" in the *"Clabber Raw Skillhoose"*. Incidentally, the "Miss Kirk" in this story (already known as the daughter of Wullie Kirk in Ballybuttle) is described as a visiting niece from Ballybuttle.

But for the fictional geography of Clabber Raw, such as where Tinkers' Toon, Cockle Hill, Puddicks' Plirt Burn, Boag Sally's Brig and the Fitbaw Grun were situated, Wullie Gunyun himself explains:

> *"A wud ast thim jist tae gaun roon tae the Cooncil Hoose an' luk at the map o' the toon, an' if they're no' stane blin, they cannie miss seein' that Clabber Raw lies at the heid o' the toon, rinnin' in a strecht line frae Tinkers' Toon tae Cockle Hill. It's a lang raw o rid-breek hooses, streetchin' doon the yin side o' the road, an' doon the ither rins a burn caw'd the "Puddick's Plirt." Hoo onybody cud stan' up an' say that there's nae sickin a place, whun iverybudy kens that "Boag Sally's Brig," that taks ye tae the fitbaw grun, gauns iver the burn in the very middle o' Clabber Raw, bates me."*

The "Fitbaw Grun" was the scene of several stories, not surprisingly as Robert Lee Moore was a keen footballer himself, winning two international caps in 1887 when he was with the

Ulster Football Club in east Belfast. His other sporting interests surface with stories about the Pickie Swimming Pool such as in "Wullie Gunyon's Blethers – Aboot the Pickie Soomin' Pond".

But none of the topics that R L Moore covered were as 'topical' as the local politics of the day. In January 1911 there were Council elections held in Bangor, and the *North Down Herald* covered the candidates in great detail. Not only did the Wullie Gunyun stories focus on them too, but he was actually 'officially' nominated! The following report was in the *North Down Herald* for 6 January 1911:

BANGOR MUNICIPAL ELECTIONS

THE NOMINATIONS

A HOST OF CANDIDATES

At five o'clock on Thursday evening the Town Hall was surrounded by an enthusiastic crowd of candidates and their supporters eagerly awaiting the result of the nominations. These were fairly well known weeks ago, but there is always the possibility of an unexpected turn up to introduce a spice of interest to the proceedings. Just as the clock ceased striking, Mr. James Milliken, as Returning Officer, announced the names of the candidates. A seat in each of the five wards had been vacated by rotation. Messrs. John Henderson and Joseph Rea, the respective members for Castle Ward and Dufferin Ward, did not again seek the suffrages of the electors, and consequently were not nominated; but a paper was received in favour of Captain Nicholson, who, however, has announced that he will not stand. The other members who retire are:– Messrs. James H. Savage (Clifton), and Henry Montgomery (Ballymagee). Appended are the candidates nominated with the proposer and seconder in each case.

BALLYMAGEE WARD

Alexander Davidson, Bingham Street, master plumber; proposed by James A. Kelly, seconded by Walter Crozier. Two papers.

Wullie Gunyun, 1,753 Clabber Row, retired farmer; proposed by Joseph C. Stewart, seconded by Robert M'Cleland. (Nomination declared invalid.) Two papers.

Henry Montgomery (retiring member) auctioneer, Ballymagee, Bangor: Proposed by Thomas Matthews, seconded by Rebecca A. Nelson; supported by James Fletcher, D.C. Ross, etc. Nine papers.

James Mitchell Thomson, Altamont, Princetown, Bangor, commercial agent; proposed by Jane Carson Byers, seconded by James Newell. One paper.

CASTLE WARD

Samuel Johnston, (etc.) ...

CLIFTON WARD

Hugh Ferguson, Seacliffe Road, Bangor, gentleman; proposed by Henry Palfrey, seconded by L.W. Wells. One paper.

James H. Savage, (retiring member), builder and contractor, Ballyholme Road, Bangor; proposed by R. L. Moore, M.D.; seconded by David Lindsay. One paper.

DUFFERIN WARD

Edward Henry, Southwell Road, Bangor, rate collector; … (etc.)
Among the nominations for Ballymagee Ward was one for
"*Wullie Gunyun, 1,753 Clabber Row, retired farmer; proposed by
Joseph C. Stewart, seconded by Robert M'Cleland. (Nomination
declared invalid.).*" Then, for Clifton Ward, was a valid nomi-
nation for James Savage, "*proposed by R. L. Moore, M.D.*"

"Mr. Sevige" is another 'hero' of the Wullie Gunyun Stories,
and in "A Big Nicht in Clabber Raw" the whole celebration –
including a turn-out of the "*Clabber Raw Fewt Ban*" – is for the
occasion of *Mr Sevige* being elected *Meer* (Mayor) of Bangor.

Chapter 1

Wullie Gunyun meets an auld acquaintance

Iver since A cum tae Bangor tae leeve A hivenae had muckle tae tak up ma time, an' A think gye'n lang betimes. A afen wush A wuz bak on ma bit ferm in Ballybuttle.

Hooaniver, A suppose A'll jist hae tae try an' content masel' – albeit it's hard fur an auld buddy like me tae be pit oot o' his wye o' gaun. Puir Betty, the crat, feels the change as muckle as A dae masel'; but she says naethin'. She's o' a mair contented nater than A em; but A hear her gye'n afen, whun she thinks A'm no' aboot, geein' a big sab o' a sigh: an' A'm shair she roars whun she gets the hoose tae hersel'. A hae notished whun A cum in frae ma wauks that her een ir aw swall'd an' rid; but A dinna care aboot speakin' tae her aboot it as A ken richtly that she's jist feelin' as muckle lanesum as A dae masel'.

The ither day, A wuz gaun gruntin' aboot wi' ma hauns in ma pokits, whun she cum'd up tae me, an', pittin' a haun on ma shooder, she says – "Wullie, ir ye thinkin' lang, dear?"

A cudnae say a wurd. Then says Betty – "A'm vexed A iver ast ye tae sell yir ferm."

Wi' that she went awa' doon the hoose, an' in a twa or three minits wuz back wie a big bunnle o bank notes in her haun.

"There," she says, "tak that, an' gaun awa' up tae Mister Magummery an' git him tae git ye the ferm bak."

A luckit at her, an' A declare the big tears wur rowlin' doon the crature's cheeks. Whun A seen the wye Betty wuz rocht, A felt sumthin' like a big, hard lump cummin' intae ma throat, an' A verily believe this minit A wud'a chokkit had A no' gaun oot o' the hoose.

A hadna ma fit richt oot o' the daur whun A met a man A thocht A shud'a kent. A wuznae richt shair at first; but A wuzna lang kept in doot.

A wuz lukkin' at the buddy gye'n strong like, whun he cum'd furrit, an' says he – "Dae A see Mister Gunyun before me?"

"Weel," sez I, "if yir no' blin', ye see before ye aw that's left o' him. An' A think A'm no' far wrang whun A say A'm speakin' tae Sammy Madoall, the Bangor bill-sticker."

"Wullie, boy, gie's yer haun," sez Sam. "Ye'r jist as sherp as iver ye wur. An' hoo's the mistress?" sez he.

"O, Betty's richtly, thank ye," sez I. "But, man, Sam, she's thinkin' terrible lang."

"That's no' tae be wunner'd at," sez Sammy. "But she'll sin git iver that whun the auction saisin sterts."

"The what?" sez I.

"A say'd," sez he, "that Mistress Gunyun wad sin git iver thinkin' lang whun the auction saisin started. Ye ken," sez he, "that there's a great rin o' auctions in Bangor frae aboot the first o' Mie, an' that the weemin folk gaun clean crackit, an' A can ashair ye, it's muckle as ye daur dae tae ast them tae boil ye a pritta."

A didna tell Sam o' the big lump that wuz in ma mooth whun A met him: but A jist thocht in ma ain mine that gaun tae the auctions wad help me as weel as Betty, an' maybe keep us baith frae thinkin' lang.

Hooiniver, withoot brackin' the discourse, A sez, "Daur A ast, Sammy, hoo yir daein' these times yersel'?"

"Daein'!" sez he, "A wus niver daein' as weel in life."

"A weel believe it," sez I, "fur ye luk like a man wha can tak his meat, an' plenty o' it."

"Dae ye no' ken A'm an Auld-Age Pensioner?" sez Sam.

A luckit at him fur aboot a minit, as A thocht he wuz tryin' tae tak a rise oot o' me, an', sez I, "A didna ken ye had iver been in the ermy."

"Na, A niver wuz in ony ermy," sez Sammy, "barrin' yince A wus at a suree in the Salvation Ermy. Ye didna seem tae unner-stan'," sez he. "What A mean is, that A git a penshun because A'm an auld man."

"The dear weans!" sez I. "A'm gled tae hear it. But whaur dae ye git it?"

"A git it frae the Post Offish," sez he.

"Hae ye ocht tae dae fur it?" sez I.

Sammy lukkit at me as if A wuz tryin' tae mak' fun o' him, an' wi' his een startin' like oot his heed, yell'd oot, "Dae onythin' fur it? Na! no' me, A'm din naethin'."

"Diz Mistress Madoall git the penshun tae?" sez I.

"Na, she diz not, indeed," sez he. "She ocht tae git it, but A cenna git her tae gie in."

"A'm no' richt shair o' what ye mean," sez I.

"Weel," sez he, "it's jist like this – Ye ken, before ye can git the penshun, that ye hae tae mak' what they ca' an affeydavitt, an' sweer that yir ower seventy year auld. Weel, A hae bin lievin' wi' Mistress Madoall on an' aff fur about savin-an'-thurty year, an' A'm bliss'd this day if A ken her age yit; an what's better, she seems gye an' determined that naether me nor ony ither buddy's gaun tae ken onythin' aboot it."

"Dae ye keep ony slips o' pigs noo?" A ast Sammy.

"Na, man, Wullie," sez he. "Ye darnae think o' keepin' pigs in the toon noo; but there's yin thing A wull say, that there niver wuz a man about your countryside had a better breed o' pigs than you, Wullie Gunyun."

A thankit Sammy fur that, an', sez I, "Wud ye mine cummin' in tae oor hoose fur a wheen minits?" A had a notion in ma heed that if A cud git Sammy tae cum in an see Betty, that it micht lift her speerits a bit. Sammy wus aye a great freen o' Betty's, an' ony time that he wud be doon Ballybuttle wye, stickin' up auction bills, he wuz aye shair o' a big bowl o' guid strong tay an' a wheen farls o' Betty's best soda breed.

Sammy say'd he wud be gye'n gled tae see Mistress Gunyun. Whun he say'd that it wuzna lang, A can tell ye, afore A had him at the daur o' oor hoose.

Dae ye know, waens, it wud 'a din yer heart guid tae 'a seen Betty's face whan she saw Sammy. A declare A believe she wud hae kist him had A no' bin in the hoose.

The cratur begoud tae fuss aboot dustin' chairs wae her apron an' coaxin' Sammy tae sit doon: an' she held on tae his erm fur dear life: fur A verily believe the buddy thocht that Sammy wuz gaun tae rin awa'.

It wuz nae sma' pleasure tae me tae see the change that Sammy's visit had made on Betty, an' A declare A felt like huggin' him masel' fur it.

It wuz nae lang till the tay things wuz laid, an' whun we had sut doon, A cudnae help wunnerin' what wuz rang that Betty wuz aye burstin' oot lauchin'. At last A cudnae stan' it ony langer, an' A ast her what wuz the matter wae her.

"Dae ye ken, Wullie," sez she, "A canna help lachin' ivery time A luck in Sammy's face, fur it pits me in mine o' the trick he played on Doodly Gordin."

Sammy wuz jist in the act o' takin' a big soupe oot o' his saucer when he burst oot lachin' owre o'cht – an he made tay an breed flee in aw directions. When he got a bit settled A say'd he maun tell me aw aboot it. Efter dryin' his face he lukkit at Betty – an' sez he "wha telt ye aboot that?" "O niver mine," says Betty. "It's a lang time since A hard o' your pranks wae Doodley's Cuddy," an sez she, "A think its juist as little as ye can dae tae tell Wullie aw' about it."

Sammy made some gye shapes tryin' tae sober his face afore he begood.

"It wuz jist like this, Wullie," sez he. "Doodley wuz cumin' intae Bangor yin cauld, frosty morning wae a cuddy kert load o' peats, an' whun he got doon Ballymagee Street as far as the Auld Hoose At Hame, he stappit, an' went in fur somethin' tae warm his mooth. Me an' a wheen o' the boys wur stannin' in the gateway jist abin the Auld Hoose, whun some yin o' the crowd say'd, 'Cum on, boys, an' we'll play a joke on Doodley Gordin.' Nae sinner say'd than yin o' thim got haud o' the cuddy's heid an' brocht it intae the gateway an' tuk it up tae whaur the stables ir. Then they tuk the cuddy oot o' the kert, emptied the peats, an', efter takin' aff the wheels, turned the kert on its side, an' got it in thro' yin o' yon narrow daurs. As sin as we got the kert in the stable, we pit the wheels on agin, then we yoked the donkey, an' shair ye niver seen a funnier sicht than yon cuddy wae its heed oot o' the stable daur an' the big load o' peats ahint it. Fur the boys had loaded the kert as sin as they yoked the cuddy.

"Efter a while, Doodley cum oot, wipin' his mooth. He lukkit up an' doon the street, an', no seein' the cuddy an' kert ony whaur aboot, he cummed up tae whaur we wur staunnin' in the gateway, an' sez he, 'Boys, did ye see a cuddy wae a load o' peats aboot onywhaur?'

"'Aye,' sez Hughie Cree; 'A seen a donkey gaun thro' the gate jist this minit, an' A think it went up tae the stables yonner.'

"Doodley dannered awa' up tae the second daur, an', my, if ye had seen that auld buddy's face whun he seen hoo the cuddy wus fixed. He stood fur a gye lang while scratchin' his heid, an' A seen him measuring the breadth o' the daur wae the whup hannel, an' then he wud'a went intae the stable an' measured the width o' the kert.

"Efter he had stud lukkin' an' wunnerin' fur a guid while,

he cum'd up tae whaur we stood, an' sez he, 'A'll gie ony o' you boys a penny that'll tell me hoo that cuddy an' kert got in thro' yon stable daur.'

"We aw went up tae see, by the wye, but no' yin o' us cud or wud explain tae pair auld Doodley Gordin hoo his cuddy an' kert had got intae sichin a fix."

Chapter 2

Wullie Gunyun at the Bangor Cooncil. What he heard an' saw an' spauk

Wanes, dear, A wus fairly bewunnered whun A went into thon gran' house whaur the Bangor Cooncil haud their meetins. A mine richt weel whun they us't to haud them in the auld biggin' in Ballymagee Street. Them wus the stirrin' times. A went yin nicht wae Robin Gordin. Erchie Thamsan wus on the Boord at the time, an' A'm thinkin' he geed us value.

Hooiniver, them times are past an' gone. Changes hes taen place, an', as far as A got a chance o' seein', there wusnae mony o' the auld faces left that A mine at the Boord aboot twenty year ago.

Weel, as A say'd before, A went to the meetin', an' the first man A shud rin agin as sin as A steppit in wuz nae ither body than Erchie Thamsan hissel'. A gruppit him by the haun, an' telt him A wuz richt gled tae see him.

Erchie didnae seem tae ken me: but A telt him wha A wus, an, dear me, ye shud 'a seen the budy's face then!

A sut doon beside Erchie, an' luked roon tae see if there wuz ony ither faces A kent.

It wuz nae lang till A spotted twa auld freens. There, sittin' side be side, wuz Davey Morrow (as fresh-lookin' as he wuz whun A first kent him), an' Wee Henry Montgomery.

They tell me Henry makes a gran' Councillor, an A weel

believe it. It maun be in the boy's blid; for his uncle. Robert Rabsan, was a Guardyun an' a Commissioner fur muny a day.

Mine, A'm tellin' ye, whun auld Robert in them days struck the table wae his nieve an' yelled oot at the tap o' his voice. "Dae ye hear me, sur?" ye cud a heerd a pin drap, an' ivery man in the place wud listen wae mooth an' een.

Henry wagged his finger tae come iver beside him, so A got up frae beside Erchie an' went an' sut doon beside Mister Morrow.

Efter crackin' a bit, A turned tae Henry, an' inquired wha the big man at the tap o' the table wuz.

"That's oor Chairman," says Henry.

"Na," says Henry, "ye dinna ken him: his name's Mussen."

"Weel, weel," says I, "maybe no', but A ken a man o' that name wha keeps racin horses, an' if he is ony freen o' his he is a gye sherp yin."

"Aye," says Mister Morrow, "he's a smert chap, that. Ye see he's at the tap o' the tree, an' A think that's no' bad fur sae young a man."

"Man, Davey," says I, "A wud like tae be sittin' at the Boord unner a man like him."

"Wullie Gunyun," says Mister Morrow, "A'm gled tae hear ye say that, fur we jist want a wheen boys like you at these meetins – an' if ye wull only gie yer consent, A'll git ye proposed at oor nixt election."

"Weel, weel," says I. "A'll see aboot it, an' if the mistress is agreeable, A'll maybe pit mysel' forrit."

Mister Morrow telt me there wuznae muckle tae dae that nicht an' if A liked wud introduce me tae the Boord.

A telt him A wud be gled if he did. Efter the man wi' the big books hed din readin', Mister Morrow got up, an' say'd he wud like if the Chairman cud see his wye tae permit him tae introduce an auld freen – a very auld freen – an' yin that had tain a great interest in their toon.

Mr. Mussen say'd they wud aw be gled tae ken Mr. Gunyun.

Efter the introduction, yon wee man they ca' Fagan yelled oot for a speech. Then they aw begood – an' the Chairman himsel' wud hae me tae say sumthin'.

A got tae ma feet, but it wuz guid while afore A cud think o' onything tae say.

Hooinever, A begood tae think o' th' wye Robin Gordan spauk at the meetins lang ago – an a change cum iver me – an' it wuznae lang till A jist felt as if A cud speak fur a hale week.

A thankit Mister Morrow fur introducin' me tae the Boord, an' A thankit Mister Mussen for lettin' me speak. A say'd that as A wuznae very lang in the toon – A hadnae jist gathered mysel' tagither yit; but A cudnae help but say that A wuz struck wae the change in Bangor since A first kent it. Whun A lookit aboot me, A saw raws o' big hooses roon the shore, an' the parks an' aw, A cud hardly believe ma ain een. The change wus fur the better – an' the Cooncil deserved great credit.

A wuz gled, A say'd, tae see sae muny sherp-luckin' men at the Boord, an' that A wuz shair that, as lang as such men as they luckit efter the affairs o' the toon, that Bangor wuz bound tae prosper. A telt them A wuz rale pleesed tae see they had sich nice rooms tae haud their meetins in, an' that A wad be shair tae drap in again whan A had time tae gie mair news o' the doins o' the Bangor Cooncil Boord.

Chapter 3

Wullie an' the Suffragists

A gat a bit o' blue paper the ither day frae Mister James M'Kee, the collector o' rates, aboot sum taxes that wuz agin the hoose A tain whun A cum tae the toon tae leeve.

A kent A had nae richt tae pye, so A jist dannered up tae his offish an' had a crack wae him aboot the matter.

A hae kent James fur muny a lang day – an' ony shin that wuz worn in oor hoose wuz bocht in James's shap in Newton.

It wuznae lang, as A say'd, till A gat ma business wae Mister M'Kee settled, an' A wuz cumin' oot o' the daur whun A went plirt up agin a wee bit man wae big whuskers.

As A wuz beggin' his pardin, A lukit at him, an' sez I, "Shairly, sur, yer name's Cammil."

"Aye," sez he, "ma name's Patrick Cammil, jist wee Cheeney Paddy, as yer frien Robin Gordin aye ca'd me."

"Man," sez I, "A thocht A kent yer face the ither day whun A wuz at the enquiry meetin' in the Toon Hall.

"Ir ye still a toon councillor?" sez I.

"O, aye," sez Paddy, "A'm still a member o' the Council. A maun hae somethin' tae tak up ma time." sez he.

"Dae ye mine the day," sez I, "in the auld Cooncil times, whun they aw begood tae fecht like dugs an' cats, an' ye got oot, lockit the daur, an' went awa fur the peleece?"

"Aye," sez he, "A mine it richtly: but there's nane o' them capers noo. It's wurk, an' no' play, in the Boord-room noo," sez Paddy.

We stud crackin' fur a bit, an' A wuz jist on ma heel turnin' tae gaun hame whun the Editor o' "North Doon Herald" cum forrit.

"Guid evenin'," sez he, "Ir ye no' gaun doon tae the Suffragist meetin'?"

"Na," sez Paddy, "A, fur yin, cannae gaun, as A hae anither engagement that A cannae weel git owre."

"Weel, what dae ye say aboot gaun, Mister Gunyun?" sez the Editor, turnin' tae me.

"A dinnae ken muckle aboot Sufferin' meetings," sez I, "but A wud like tae gaun weel eneuch. Dae ye think A cud thole it?"

The Editor lauched, an' sez he, "O, aye, cum awa', ye'll be able tae thole it richtly."

The upshot o' it wuz, onywye, that I consented tae gaun, an' shun we steppit intae the room whaur they wur haddin' the meetin' a wheen lumps o' boys roared oot, "Three cheers for Wullie Gunyun!" an' set up a maist unmercifu' yell.

Mister Macrackin, the attorney, wuz yonner. He lukit tae be mester o' ceremonees, fur he cum forrit an' pointed sates oot tae us.

A thankit him, an' whun we got settled, A lukit roon, an' A notished a genteel, lady-like auld buddy sittin' at the table on the platform at the end o' the hall.

She lukit gye'n hard at me, an' A thocht maybe she kent me, so A nodded; but, waens, dear, ye shud'a seen the soor luk that auld buddy gien me. A'm shair she tuk me fur a rowdy or sumthin' o' that sort, fur she got up tae her feet, an' sez she, "A'm ashamed that an auld man like you wad try tae upset oor meetin'."

"Mem," sez I, "yer aw tagither wrang if ye think A want tae mak' ony bother.

"A had nae notion o' bein' here the nicht," sez I, "but the Editor, here, wud hae me tae cum. Fur my pert," A says, "A want tae see nae buddy sufferin', but A think, frae whit A see o' you, that yer no' at yersel' avaw, an' if ye jist say the wurd, A'll gaun oot fur Doctor Pope tae cum an' see ye."

"Haud yer tongue, you mere man," sez she.

A lukit at the buddy fur a wheen minits, as A didna richt unnerstand what she meant, but A cud see richtly that she wuz tryin' tae tak me doon a bit, an' A cudnae help bein' angry fur the wye she treated me whun A furst cum intae the room.

Sez I, "Mem, A'm nae meerman, but." sez I, "A think there is a guid bit o' the meermaid aboot you. A aftentimes hae heerd o' hoo the meermaids cud decoy an' mak' a fill o' the sailors: but, feth, ye hae went yin better, fur ye hae fairly succeeded in decoyin' us in here, an' makin' a fill o' intelligent men an' weemin." A learnt her name wuz Mistress Desprat, an', feth, tae ma wye o' thinkin', she fitted her name weel.

Hooiniver, the wuman, pair buddy, didnae like tae be ca'd a meermaid. A cud see that, fur she gied me a luk likin' tae skunner me, an' then dumpit hersel' doon in a chair.

Jist then, a nice wee bit slip o' a lass, wha Mister Macrackin ca'd Miss Metters, got up, an' she didnae miss matters, A can ashair ye. A gied the Editor a dunt in the ribs wae ma elbow, an', sez I, "A think, sur, them twa weemin is richtly named. an' they ir desperate metters indeed they ir dalin wae."

Mony a time A hae heerd Betty scowlin' whun she wuz angry; but she niver cud haud a cannel tae yon wee lass. She scowell'd an' yell'd an' thumpit the table, an telt the fowk that the weemin o' the country wur determined tae hae whut the men had.

My, bit she misca'd us owre oucht, an' A declare A notished that the weemin sittin' near me wur fidgittin' aboot a guid dale; an' what's mair, A'm thinkin' if sum o' them had got the speaker in a quate corner, they wud hae made metters desperate fur her.

A wuz leanin ower tae the Editor, an' whusperin' tae him that "A wush'd A had brocht Betty wae me." Miss Metters seem'd tae notis me, fur she made a deed stap in her discoorse, an' sez she, "If that auld man (pointin' tae me) disna keep quate, A'll cum doon an' A'll catch him bae the scroof o' the neck an' throw him oot."

A ast the Editor if he thocht it wuz me she wuz talkin' tae.

Yin o' the boys at the back o' the hall appear'd tae hae heerd whut A wuz astin him fur he yell'd out:

"Aye, it's jist you she's drivin' at."

"An A think," sez the boy, "the crature got jealous whun she heerd ye mention Betty's name."

"Weel," sez I, turnin' roon tae the boy that spauk, "she needna try tae cock her cap at me, fur there's no a wuman in the toon, let alane that slip o' a lass, cud fill Betty's shin."

"That's richt, Wullie!" yell'd oot sum o' the weemin. "Ye're jist richt fur stickin' up fur yer ain."

Sumhoo or ither A got a notion in ma heed that yon twa weemin had tain a spite at me, fur A declare tae ye, the wye they baith lukit at me made me that nervous like that A fell clean aff ma sate.

A had pit ma lum hat doon at ma feet, an' whun A fell, A plumpit ma hale wecht on it, an' it gied a crack like a pistol. Yin wuman sittin' ahint me throw'd up her hauns, an' declared that A had brust. Sumbuddy yell'd fur a doctor, an a wumin weerin' specs, that Mister Macrackin ca'd Doctor Neill, cum furrit, an' wud hae me tae pit oot ma tongue. Efter a guid dale o' scrammlin', A got tae ma feet.

The Editor wud hae me tae sit doon agin, but A declared A wud not indeed, as A had had eneuch o' that company, an' had din plenty o' sufferin fur yin nicht.

Chapter 4

Wullie Gunyun an' the "Buttin' Folk"

"What in the name o' aw that's gid is wrang wae the Bangor folk avaw. Nae metter whaur A gaun A'm aye greeted wae the cry o', "Wullie, boy, whaur's yer buttin" or sumthin' o' that sort. Dae ye ken, wains, this fur iver astin me aboot ma buttin got a kin o' a wye on ma nerves, an' A very nearly had tae tak' tae ma bed owre the heed o' it. The truth o' it is that A made up ma mine that A wudnae gaun out o' the house avaw. Hooiniver, Betty lukit iver ma breeks, an' declar'd that aw the buttins was there, richt eneuch, so A determined that A wudnae be stappit frae ma wauks, but wud jist gaun oot, an' niver mine what wuz say'd aboot the buttin; but it wuzna tae be! Nae metter whaur A went, the auld cry wud aye meet me, an' A begoud tae think that the Bangor folk wurnae very weel disposed, tae be aye tryin' tae tak' a haun at an auld budy like me.

Betty, the budy, cudnae but help noticin' hoo A wus bothered, so the other mornin' she says tae me, "Wullie, A think, dear, if A wuz you, A wud gaun roon tae Mister Murdoch an' tell him yer trouble, an maybe he cud gie ye a bit advice on the metter." A thocht a gid while o' what Betty had say'd, an' A thocht she had spauken well: so A pit on ma hat an' danner'd roon tae whaur Mister Sam Murdoch leeves. Ye ken, he's an elder o' the place o' wurship A gaun tae, an' A thocht he wuz jist the richt man tae gaun tae fur the advice A wanted. Weel, as A say'd before, A danner'd roon tae his place, an' as A steppit forrit, A noticed him wurkin' in yon nice wee bit garden he hez in front o' the hoose, an the mistress wuz stannin' in the daur watchin' him.

"A declare," sez Mistress Murdoch, "there's Mister Gunyun."

Mister Murdoch lukit up, an' sez he, "That's a fine day, Wullieum. But what's the metter. Ir ye no weel?"

"O, A'm weel eneuch, thank ye," sez I; "but A hae jist cum tae git yir advice aboot a metter that his bin disturbin' ma rest fur a wheen nichts bak."

"Is it kats?" sez he.

"Na, it is not indeed." sez I. "It's jist like this: nae metter whaur A gaun oot o' the hoose, A hardly git ma fit oot o' ma ain street till sum yin'll cum forrit, an' afore A ken richt whaur A em, they'll start at me aboot 'Whaur's ma buttin?' an' A can ashair ye, sur, A dinna like it."

Wae that Mister Murdoch begood tae lauch owre ocht. "O," sez he, "Wullie, A ken noo what's wrang. It's the 'Ketch-ma-Pawls' that's efter ye. That's jist the wye they gaun on, an' they'll no' let ye alane till ye jine them." Fur ma pert, A didnae ken what the "Katch-ma-Pawls" meant, but Mister Murdoch sin explained the hale thing tae me.

"Weel," sez I, "if that's the wye o' it, A'll hae tae tell Betty, an' see what she hes tae say aboot me jinin'." So awa' A went hame, an' A wuznae lang in till A telt Betty whut Mister Murdoch had say'd, but she wudnae hear o' me gaun tae jine ony society avaw.

"Dae ye think," sez she, "that A hae forgot whut ye telt me whun ye wus coortin' me aboot the treatment ye got whun ye wur gaun tae jine the 'Kinooderils,' an' very nearly got kilt intae the bargain?"

"O! haud yir tongue, talkin' aboot the Kinooderils," sez I. "That wus a different sort o' society awtagither. The 'Ketch-ma-Pawls,' sez I, is no a sacrit society, an' there'll be nae sich capers wae them as there wus wae the Kinooderils."

The upshot o' it wus that Betty gied her consent tae me jinin' the "Katch-ma-Pawls," so A went yin nicht wae Mister Murdoch an' a sharp-lukin' chap ca'd Palmer. It wuznae lang till A wuz made, an' the greatest cheerin' ye iver heerd begood after the ceremony o' makin' me wuz ower. Indeed tae tell ye the trooth A thocht that a wheen o' the folk yonner jist went a bit ower faur, as ma heed jist felt like splittin' wae the noise they made.

Hooaniver, Mister Murdoch cum forrit tae me an shakit ma haun – efter that he pit a nice buttin in ma coat, an sez he "Brither Gunyun it is noo yir duty in virtue o' yir obleegation tae bring in a pawl an that ye may prove a fruitful vine tae yir Society."

A telt Mister Murdoch A wud aye dae ma best an promised him that A wud try an bring in as mony recroots as A cud. A wuz a gid while wunnerin wha A cud try ma 'prentice haun on – A wuz thinkin' this wye twa or three days efter, whan A mind that A had been talkin' tae Joan Macrackin yin nicht in Wully Magrath's barbers shop about the "buttin Folks" as he ca'd them: an A cannae say fur why, but A made up ma mind that A wud git Joan to jine an there an' then got Alic M'Kie (Morrow's heed Carman) tae drive me oot. A'm shair Alic thocht there wuz sumthin' wrang wae me whun we wus drivin' oot – fur A cudnae sit on the car a meenit in peace. A wuz aye tellin' him tae hurry on.

The cratur tried iverythin' tae push on the horse; but A wuznae tae be contented an aye kept at him tae push on. "Man Wullie," sez he, "ye maun be in a terible hurry." "A em indeed" sez I, "an' A wush ye wil pit the horse tae it." "A cannae dae ony better," sez he. "Indeed, A hae tried iverythin' A can think o' tae hurry him on but the screwin' o' his tail, an' A'm keepin' that fur the Breek Yerd Hill."

Tae mak' a lang story short, at last we got tae Joan Macrackin's; but A was tae meet wae disappointment, fur Mistress Macrackin cum oot o' the Moss afore A cud git aff the car, an' sez she, "Wuz ye wantin' tae see Joan?"

"A dae indeed." sez I.

"Weel," sez she, "he's wurkin' the Port Road this week, an' ye'll hae tae gaun doon there."

A wuznae very weel pleesed, ye may be shair, tae fin' that ma errin wus lost; but A wus determined tae see him, so A telt M'Kie tae drive me doon the Port Road. Whun we got as far as Wullie Gray's, there, shair eneuch, was Joan. A jumpit aff the car an' got haud o' him bae the erm, an' sez I, "Cum awa' man, cum awa' at yince an' jine." The budy lukit at me, an' then at M'Kie, an' sez he tae Alec, "Whaur dis he want me tae gaun?" "A dinnae ken that," sez Alec, but A dae ken that he's in a quare hurry tae git ye there." "Niver mine, Joan," sez I, "jist jimp on the car, there, an' A'll tell ye aw aboot it." "A wull not, indeed," sez Joan, "dae onythin' o' the sort till ye tell me whaur yir gaun. There's naebudy iver cums oot here," sez he, "tae ast me tae gaun fur a drive exceptin' there's an election or sumthin' o' that sort o' thing gaun on." A cud see Joan wus determined no' tae cum until A telt him whut A wanted, an' rether than lose ma chance o' a gid ketch, so A telt him whut A had cum oot about.

A aye thocht Joan Macrackin wus a wise, level-heeded sort o' budy up till then. The wye he capered aboot whun A telt him A wanted him tae jine the Pawls clean taen the breath frae me; but aw the same A had made up ma mine tae hae Macrackin at ony cost, so A held on tae his erm till he wuz forced tae gie in that he wad jine on the nixt meetin' nicht. A telt him A wad be watchin' out fur him, an' wae that A got on the car an' telt Alec tae drive hame. Whun the meetin' nicht cum roon, A went tae the hall expectin' tae meet Joan an' introduce him tae the President.

There was a guid wheen o' the boys aboot, but no' yin bit o

me cud see Macrackin, an' no' yin bit o' him did turn up avaw that nicht. A needna tell ye that A wuz vexed tae think that aw ma bother had been lost fur naethin': but A made up ma mine that Macrackin wud hae tae tell me hoo it wuz that he didnae keep his wurd, an' hadnae turned up as he had promised.

So the nixt day A dannered awa' doon tae whaur Joan wuz wurkin'. It wuznae lang till A got ma een on the boy, an' he kent richtly whut A had cum fur. "Wullie," sez he, "dinnae blame me fur no keepin' ma promise tae ye." "An wha wull A blame?" saes I. "Ye can jist blame Joanny Aird," sez he. "An' whut wye wull A blame him?" sez I. "It's jist this wye," sez he. "A cudnae think o' gaun intae Bangor wae these auld bits, an' as A kent Mister Aird gauns tae Newton ivery Seterday, A went up tae his hoose last Friday nicht, an' gied him a bit string the length o' ma fit, an' telt him tae get me a pair o' shin in Newton.

Nixt mornin' yin o' his servint boys cum tae whaur A wuz on the road here, an' telt me Mister Aird wuznae very weel, an' cudnae gaun tae Newton that day, so efter A got ma denner A made up ma mine tae tramp it tae Newton an' git the bits masel'. So aff A startit. A jogged alang till A cum tae the brae gaun doon intae the toon, an' jist whun gann unner the rileway erch A pit ma haun intae ma pokit fur the string that A had meesured ma fit wie; but no' yin bit o' me cud fin it; an' there A wuz, efter trevellin' sae far fur the bits, tae fin A cudnae git them, because A had forgot tae pit the string frae Mister Aird. Of coorse, A cud dae naethin' but cum hame agin withoot them. So that's the raisin, Wullie, A didnae gaun intae the meetin' as A promised."

A lukit at Joan fur a minit tae see if he wuz serious, an' A seen bae his face that he wuz in ernest richt eneuch. "But," sez I, "whut wye did ye no' gaun on an git the bits, whun ye wur sae near Newton?" "Didn't A tell ye," sez Joan, "that A had forgot tae git the string that A had misured ma fit wae frae Mistir Aird, an' whut wuz the use withoot it?"

"But had ye no' yir feet wae ye," sez I, "whun ye went tae Newton?" If ye had seen Joan's face then! It got aw twusted like, an indeed, A thocht he was gaun tae hae a fit. Efter he cum tae a bit, he lukit at me wae a kine o' plyeedin' luk, an' sez he, "Wullie, A'm thinkin' it's near aboot time A had tain the buttin."

Whun Mister Murdoch heard A had managed tae git Joan, he cum roon tae oor hoose, an' sez he, "Wullie, ye hae din weel fur a start, an' A'm thinkin' whun A mak' ma report, ye'll git the medal fur hain made whut A conseeder is the katch o' the saisin."

Weel, wains, Mister Murdoch did speak aboot it at the very nixt meetin', an' dear bliss me, but ye wad'a thocht that A had wun a plooin' match, the wye the boys behaved. Mister Palmer wuz sae weel pleesed that he there an' then purposed that Mister Wullie Gunyun shud git the post of honour in the lifeboat on Aister Monday; but A wudnae agree tae that avaw, as A telt them A niver cud mak a sailer, an A wuz fear'd o' the sea since the day A got couppit aff the plank intae the lint hole at Ballybuttle. But Mister Palmer wudnae heer o' ony excuse, so A had tae gie in tae help tae man the lifeboat wae Joan Wattersin an' a wheen o' the Port boys. An' whun Aister did cum A wuz the prood chap, A can tell ye. Tae bae sittin' in yon boat, gaun roon the hale toon!

The purcesshin wuz started at the Guid Templars' Hall, an' we went up tae whaur Mister M'Meekin leeves, an' dear me, but A wuz gled tae see that he wuz able tae be oot an' aboot again. He didnae luk very strong, an' A advised him no' tae bother waitin', but jist tae gaun in an' keep himsel' warm.

"Na, Wullie, A cudnae dae that avaw," sez he, "efter the boys pittin' thimsel's sae muckle aboot tae cum an' see me, it's as little as A can dae tae stan' here an' waive ma haun at them."

"O, very weel," sez I, "A trust ye'll no be onythin' the waur o' comin' oot, an' A wush ye weel, an' hope ye'll sin be able tae cum doon tae the meetins again."

He thenkit me, an' we passed on doon the road tae the Bandstand at the quay. Weel, noo, A hae seen croods o' folk at the Ballywalter Fair, an' at the circus in Carrowdore, an' in the square in Newton, but the like o' yon on Aister Monday at the Esplanade A niver did see in aw ma life before. Weel, a wheen o' us got intae the bandstand, an' it wuznae lang till the speekin begood, an' efter that sum singin', an' then the Rev. Mister Peacocke ast ony o' the folk that wuz there cared tae jine tae cum up an' sign the paper an' git the buttin. A seen Joan Macrackin near the front o' the crood, an' A waggit ma finger fur him tae cum up. So up cums Joan, an' dae ye ken, wains, the yell that went up whun Joan pit his fit on the tap step cud'a bin heerd, A dae believe, in Davey Annra's at Ballycroghin Dam. A made wye fur Joan tae the table, whur he wuz tae sign. It wuznae lang till this wuz din. Then Mister Palmer pit the buttin in his coat, an' whun this wuz din, Joan wuz ast tae say a wurd tae the folk. Joan did speek, but A wuz that tain up wae lukkin' efter ither things that A didnae catch aw he say'd.

There's yin thing A maun say, hooiver, an' it's this – A git peace whun A'm gaun throu the streets noo, an' A'm prood tae say that A'm a leadin' member o' that honourable body ca'd the "Buttin Folk."

Editors' Note: R L Moore rarely disguised the names of any of the people Wullie encounters in his stories. And most of the undisguised characters were real people. Sometimes this backfired, as was the case in "The Buttin Folk" when 'Joan Macrackin' (John McCracken) got 'involved' with the Temperance Movement. The following apology was required:

AN APOLOGY

In the last issue of the "North Down Herald" our able contributor of the "Wullie Gunyun" series of dialect sketches made allusions to Mr. Joan M'Cracken, which, while they were made in the utmost good humour, have given offence to some friends and relatives. We take this opportunity of expressing our regret that what was certainly intended to be a harmless piece of good-humoured fiction should have had such an effect. The sketch was, of course, wholly imaginary, and had we conceived that the feelings of anyone would have been hurt thereby, the allusions would never have appeared, as it was the very farthest thing from our intention to allow the susceptibilities of anyone, even in the very slightest degree, to be wounded. Again we would emphasise that the whole sketch was purely fictitious; it had no relation whatsoever to anything that actually took place. To Mr. M'Cracken and his relatives we therefore tender full apologies for any pain or unpleasantness which they may have suffered.

Chapter 5

Wullie Gunyun an' some o' the auld Bangor Worthies

A think the maist o' ye ken bae this time that it's no' a lang while sine A cum intae Bangor tae leeve: an', like a wheen ither folk A ken, that hiznae muckle tae dae, it wuznae a great time till A fun oot whaur some o' the auld retired boys o' the toon furgethered ivery day tae hae a bit crack.

A buddy donnerin' aboot an' no haein onythin' tae tak up his time is no lang makin' aquantance; that's if he is o' a freenly turn o' mine.

Weel, A wuz gaun roon tae the seafront the ither mornin' atween alaven an' twal, whan it begood tae rain hard; so A made tracks fur yon wee hoose ahint the bandstan'. A fun, whun A got tae the shelter, as it is ca'd, that nearly aw the saits wur tain up wae a lot o auld boys aboot ma ain age.

The maist o' their faces wuz strange tae me, but A spotted Wullie Houstin, that yin time leeved at the "Breekyerd Hill" an' went furrit an' shuk him bae the haun.

Wullie telt the folk tae sit up a bit an' mak room fur me.

Sum o' them, A thocht, gied me a gye hard luk, as muckle as tae say, "What richt hez he tae disturb us?"

Hooiniver, they made room fur me, an' A tuk a sate atween Wullie an' a trig-lukin' man that Wullie ca'd the Sergin. A then-kit Wullie an' the Sergin fur their thochtfilness in makin' room fur me, an' say'd A wuz sorrie if A had disturbit them.

"Ye hae nae ca' tae bae a bit sorrie," sez Wullie: "yir no' disturbin' us avaw."

"Mair," sez he, "A heerd that ye wur leevin' in the toon, an' A had made up ma mine tae drop in tae see Betty an' yersel. An' furbye, A wantit tae bring ye doon here, so that A micht intradooce ye tae a wheen o' the boys worth kennin."

A thocht it wuz rale dacint o' Wullie Houstin tae tak sae muckle bother wae me, an' telt him that, an' say'd A wud be gled tae ken ony o' hiz aquantance. "Fur," sez I, "ye ir a changed man indeed if ye mak me aquant wae ony company that wud be likin' tae git me intae ony bother."

"Nae fear o' that, Wullie," sez Mister Houstin. "A respect ye, an' A respect yir guidwife; an gosh, man, A ken what it is tae be in a strange place withoot friens tae crack tae; but A'll ashair ye, sur, it'll no be say'd o' Wullie Houstin that he wud stan' bye an' see an auld aquantance gaun aboot withoot a cratur tae speak tae. Gosh, boy!" ses he, "jist haud yir tongue atween yir teeth fur a wheen minits an' a'll intradooce ye tae the hale 'rick-ma-tick'".

Wullie begood tae the intraducin'. Fur my pert, A cudnae mine half o' their names. There wuz a gid wheen captains amang them, but the maist o' them had sum hannil till their names, an' it struck me at the time that there wuz a great wheen o' titled folk about Bangor.

Yin man A did mine weel, an' A had gid raisin fur it – Captain Tregeskis, A think, wuz his name. He is a wee bit man, about ma ain height. Captain Tregeskis turned oot tae be an agreeable kine o' a body, an spauk rale nice tae me, an' afore we perted he ast me tae cum doon tae hiz pier day whun the Bangor steamers begood.

Weel, tae git back tae whaur A wuz tellin' ye aboot the introducin'. Efter we kent yin anither better, the crack started aboot sum o' the auld Bangor worthies, noo deed an' gawn, an A, like the rest, got drew intae the talk. So A telt them aboot a car driver that used tae drive atween Bangor an' Belfast. Tammy Whunnel wuz his name, an' he leeved in Sooty Raw. Tammy wuz considered yin o' the leadin' men o' Bangor in hiz day. A mine gaun tae Belfast yin time wae him. There wus a treveller – a flax buyer, A think he wuz – on the car, tae, an' whun we got as far as Holywood, the treveller telt Tammy tae stap at the first public-hoose. Tammy drew up at the "Mie Pole Inn," an' the man an' I went in. A think Tammy thocht he wuznae gaun tae be ast in, tae, fur by-an'-bye he cam intae the bar an' walked about blawin' hiz hans an' diggin' the butt end o' hiz whup on the flair. The treveller, efter a bit, notished Tammy, an' say'd, "By the wey, jervey, A wus near furgettin' you. What ir ye gaun tae hae?" "Niver mine me," sez Tammy, "niver mine me. A wudnae hae ye tae think A cum in fur that avaw, sur. A wud not indeed. O, no, sur; O, no; A didnae cum in fur that avaw." "Weel, weel," sez the treveller, "there's nae need fur a' that fuss. If yir no' gaun tae hae onythin', that's an end o' it." The gentleman turned frae Tammy tae his refreshment. an' wuz aboot tae gaun oot tae the car again, whun Tammy gin him a bit dunt wae his elbow, an' sez he, "Wud ye mine astin me again, sur? Wud ye mine astin me again?" Of coorse, the treveller did ast Tammy again; but A cudnae help lauchin' at the capers he cut afore he made up his mine tae gie the man the gentle hint.

"That pits me in mine o' Wullie Mawhaw," sez the Sergin. "He wuz anither Bangor jervey, an' aye wore a big lum hat." "An' whut aboot him?" sez I. "Weel," sez the Sergin, "a mine yin time the Fleet wuz lyin' in the lough, an' a gid wheen folk cum doon frae Belfast tae gaun oot tae see the boats. A big swall o' a fella got ontae Wullie's car, an' telt him tae drive him oot tae the Fleet, an' he wud gie him a pun fur the job. Wullie tuk the size o' his man at yince, an' sez he, 'A'll shin dae that' so he whuppit up an' drove doon tae the slip intae the harbour, an' shin had the auld horse nearly soomin.

"Whun the swall saw that Wullie wuz determined tae wun the pun note, an' the water cumin' up aboot him, he yelled at

Wullie fur gidness sake tae turn bak.

"Wally, hooaniver, pied nae heed, till the gentleman pit his haun intae his pokit an' gied the twenty shillin' he had promised. Ye mae be shair, boys, that chap didnae try on ony mair o' his capers wae Wullie Mawhaw, or ony ither Bangor jervey, fur a lang time efter."

"A mine o' anither trick o' Wull's, that nearly caps your yern, Sergin," sez Captain Johnston.

"Let's hev it," cried oot aw hauns.

"A'm shair it's a gid story," sez Captain M'Cullough, "fur freen Johnston niver tells a dry yern."

"Cum, oot wae it, Johnston," sez Captain Cammil.

"Weel," sez Captain Johnston, "ye ken Wullie wuz a bachiler, an' had an' auld sister leevin wae him tae luk efter the hoose. They wur an odd pair, an' very fand o' yin anither. Weel, Wullie tain a notion tae jine the Masins, an' did jine; but efter that there wuz nae peace in hiz ain hoose avaw.

"Liza, that wuz the sister's name, thocht Wullie had nae richt tae hae ony sacrits frae her, an' wuz aye pesterin' Wullie fur the 'Masins' Wurd,' as she ca'd it.

"Sae, tae get peace, he telt her that the password wuz 'Cauld kail het agin.' An' gied her tae unnerstan' that it wuz as muckle as her life wuz worth if she mentioned it tae a leevin budy.

"Weel, boys, as maist o' ye, a'm shair, ken, Wullie wuz gie'n fond o' a drap o' the crature, an' sumtimes tain mair than he cud weel haud. At sichin a time he wud be gie'n cross wae auld Liza.

"Yin nicht he had cum hame gyely on, an' begood scowlin' pair Liza fur everythin'. Liza tholed fur a gid while. At last sez she, 'Wullie Mawhaw, if ye say anither wurd, A'll gaun oot intae the street an' a'll yell oot the "Sacret Wurd" an' hae ye disgraced.'

"This angered Wullie, an' he gied her a cloot on the lug. Oot Liza run intae the street, an' begood yellin' at the tap o' her voice, 'Cauld kail het agin,' an' didnae stap till she had ivery man, wummin an wain oot o' their daurs listenin'. Ma bowl' Wullie jist stud in the daur lachin' as if he wuz likin' tae split."

"An' dae ye ken whut it is, boys?" sez yin o' the Captains, "A believe that Maisins wunnae aloo weemin tae jine their ludges."

"A very weel believe it," sez the Serjin.

"A'm shair o' it," sez Captain M'Cullough.

As A begood tae think that Betty wud be thinkin' lang, an' wunnerin' whaur A wuz, A got up an' thankit the boys o' the "Esplanade Shelter" fur their kindness in letting me jine them, an' telt them A wud like very much tae cum doon sum ither time, an' hear mair o' the daeins o' the Bangor worthies that's gane an' awa'.

Chapter 6

Wullie Gunyun at the Fitbaw Match

Noo that the wunter wather hiz set in an auld crature like me canny git oot an aboot as a budy wud like – an it's only noo an then whun the sin diz git a chance o' a bit blink that Betty wull hear o' me gaun out avaw.

Am no richt shair whuther it's company or whuther it's a second touch o' love that Betty hiz tain fur me – but A dae ken that fur the last while bak it's as muckle as A can dae tae git her tae let me oot o' the hoose avaw. She gits that thrawin if A purpose layin her fur a minit that indeed indeed she sum times makes me doon richt angry. Nae langer ago than last Saturday A had a bit jingle wae her – aw because A wanted tae gaun fur a bit daunner. The day wuz fine an' warm, an' after A got ma denner, sez I, "Betty, A think as the day is fine like A'll gaun oot fur a bit walk." She lukkit me up an' doon for a wheen minits wae her specks, an sez she – "Oh, aye! the day's nice an fine, Wullie dear – an nae doot ye wud be the better o' the sin-shine, gaun awa oot – it diznae metter aboot me whither A hae ony yin tae speak tae. Just gaun awa oot an davert yirself – the cat's gid eneuch company fur me." Dae ye know A felt doon richt vexed fur the first time in ma life wae her.

"Yer an auld fill wuman," sez I; "an the next thing A'm ex-pectin is that ye'll be wantin tae tie me tae yer apern strings," an wae that A poo'd ma hat weel doon iver ma ears, an gettin ma stick oot o' the corner, went oot o' the hoose.

A wuz gled whun A got doon as far as the Port Road. A hadnae got far alang the road whun A wuz ivertain by a middle aged, low set bit o' a man, wae a red heed and wearin specs. "That's a fine day, Mister Gunyun." sez the man. "A suppose yer gaun doon tae the fitbaw match?" "Weel," see I, "No wishin tae gie ye a bad answir, A wuznae thinkin o' gaun onywhour in perteeclir." "Tak my advice, then, an lay out yer accoonts." sez the man, "tae see yin o' the best matches that iver was played between ony twa clubs – man, the hale toon'll be there," sez he; "an ye'll be lukkit on as an odd kine o' a buddy if ye dinnae gaun tae see the match o' the sesin." "The dear man," ses I, "an whaur diz the match tak place?" "Doon at Dufferin Villas," sez he. "A thocht," sez he. "whun A drapped on ye gaun along this road that ye wur making traks fur the Ranger's grun; fur my pert," sez he, "A wudnae miss this match no fur the best chow o' tobacco A iver pit intae ma mouth."

Whun A heerd this, thinks I – it maun be a very important match, whun the boy sez that; so A jist made up ma mind there an then that A wud gaun wae him. It wuznae a great time till we got tae a nice level bit meadow aside Wullie Gray's o' the Villas – an' judgen by the crood o' folk gathered in the field there wuz nae mistaukin but sumthin o' importance wuz aboot tae tak place. It wuznae lang till the man an masel was alang wae the rest; an whun we got closer A notished that a rope was fixed richt roon the field an inside that was a nice white line, like whut the wains pit their toes till in the skilhoose. At baith sides of the field was twa posts fitted up wae a fisherman's net – an here an there A notished that the grun wuz marked oot in white squares, an in the very middle wuz a whitened ring. A cudnae think what aw these things wuz fur, nir yet cud A bring masel tae show ma ignorance tae ma rid heeded frien – so A thocht A wud jist wait an' see an' fin oot things fur masel.

After sum time aboot twa dizen fine strappin young fellaws

got intae the middle o' the grun, an' begood capperin aboot jumpin iver yin another's backs, an running up and doon the field, fur aw the world jist like the funny folk yin micht see in a circus ring. What struck me maist at the time wuz the bare faced wye thon boys cum oot afore say munny folk wae little ir nothin aboot their legs bit a pair o' drawers sumthin like A hae seen the bathers wear at Picky. Efter lukin roon me fur a bit A started a crack wae ma freen, an as we wuz talkin Mister Robert Neill cum forrit.

"That's a fine day, Mister Gunyun," sez Robert. "It is, indeed, jist aw ye say," sez I, "but am afeerd we'll hae a change afore lang." "A hope," sez Mister Neill, "that there'll be nae change till the match is finished – an jist as he said this up cum the mester o' the Primacy skil-hoose. "This is a nice carry on," sez he. "Whit's wrang," sez Mister Neill. "Would ye believe it," sez the mester, "the referee hiznae turned up an unless we can it sum qualified budy tae tak his place, the match'll hae tae be declared off." "That's yin thing ye man not dae," sez Mister Neill. "Am afeerd if ye purpose sichin a thing as pittin off the match that the folk here'll gie ye a bit o' bother." "What can we dae?" sez the skillmester. "Cum-cum," sez Mister Neill; luck aroon the field an' see if ye canny spot ony budy fit tae tak the referee's place." A cud see that baith Mister Neill an the Skillmester wur terribly pit aboot, an touchin Mister Neill on the arm, sez I, "beg pardon, but is there anything wrung?" "Well," sez he, "A think there is indeed a gid dale wrang – them fills o' offeshals in Belfast hae forgot tae sen doon the referee, an A fur yin wudnae like tae stap in the field if the match diznae gaun on." Bae this time the folk begood yellin' tae start the game – sum yellin "Go on the Rangers," an ithers cryin fur aw the wuz worth fur Clifton. Jist then up cum the Skillmester again, an speakin tae Mister Neill, sez he "A hae lukkit the whole field roon an A canny see yin that cud tak the place of the referee." A got a bit nettled at this. "Luk here, sur," sez I, "If ye dinnae mine A'll bae the referee." A wush ye had seen Mister Neill's face whun A sayed that – an' lukkin' gye'n hard at me, sez he "Hae ye iver refereed at a match, Wullie?" "Lay that tae me," sez I, "Jist alloo me tae be referee – A'm no the Wullie Gunyun A used to be in Ballybuttle if A dinnae gie ivery budy here satisfaction." Wae that awa went Mister Neill an in twa or three minits wuz back wae the Skillmester, and cumin up tae me, sez the Skillmester, Mister Neill tells me that ye have volunteerd tae referee fur us. "That's richt," sez I. "I am no the yin tae stand bye an' see aw these folk disappointed, and you boys pit aboot fur want of a referee." The mester lukkit at me a minit an turnin tae Mister Neill A heerd him say "dae ye think Bob he's fit?" A felt the blid rin tae ma face, tae think that ma abilities wur questioned by a wheen boys. "Luk here, sir," sez I, "A hae refeered at sum o' the best matches in or aboot the countryside, and if A say it masel, A believe A aye gien satisfaction tae aw parties concerned." That seemed tae clinch the matter, and Mister Neill turnin tae me sez he "We'll trust ye, Wullie, an we hope ye'll gie satisfaction. But ye maun pardon me fur sayin A hae ma doots – but niver mine yer a pucky auld boy an A can see there is a bit of sport in ye yet. So cum alang an A'll git ye a whustle." As A turned awa A notished the rid heeded chap gied a bit a' a smile, and sez he – "A'll see ye oot side the field after the match." A went awa wae Mister Neill wunnerin whut he wanted tae git me a whustle fur – hooaniver A say'd naethin. It wuznae lang till Mister Neill spotted a chap cawd Mamullan an got a whustle frae him an pit it intae ma hand. "Noo," sez he, "gaun intae the centre o' the field at the ring yonner, an' gie a wee bit wheep an git the toss up iver." A did as A wuz bid, an while walkin across the field A cudnae help wunnerin what he meant by the "toss up iver." When A got tae the centre o' the ring in the middle o' the field A gied a bit wheep on the whustle as A had been telt; an wains dear what a change tuk place – as the folk that had been playin aboot the place begood rinnin tae the ropes, and the boys in the bathin clase cum up tae whaur A wuz, fur aw the wurl like a pack o' huntin hounds whun they hear the whupper in's horn.

"Noo then boys," sez I, in a commandin kine o' voice, "git the toss up iver." Twa fine chaps steppit forrit an yin o' them ast if A had a copper on me – "what dae ye want wae a copper," sez I, at the same time pittin ma haun intae ma pokit. "Why, tae toss up," sez the boy. "Weel," sez I, "There's a hapinee but be shair ye gie me it back." The boy laffed, an gien the coin a spin in the air, cry'd oot heed. The hapinee did turn up "heeds," an A notished the boy lukin up in the sky an smellin at the wun jist the same as the hounds dae whun first laid on the trail o' the stag. Aw this carry on wuz ledger-de-main tae me; but A lukkit as wise as A possibly cud: but A aye kept ma een on the boy as A wanted tae see if he wud gie me ma hapinee bak. Aw o' a sudden the boy turned tae me. "We play up," sez he, an thrown me the copper, awa he an aboot a dizzin ither chaps tuk tae their heels, spreadin thimselves aw iver yin side o' the field – the ither party taken the ither side an placin thimselves in muckle the same wie. Then ma bother begood; but A think it wud be better tae tell ye the rest next week.

Chapter 7

Wullie Gunyun Referees a Fitbaw Match

At the affset A think it richt that A wad mak ma excuse for no' finishin' the bit yarn aboot ma experience as a fitbaw referee that A wuz tellin' ye aboot twa weeks ago. The fact o' the metter is that A had far wechtier metters in hans, an' whun them buddies in Parliament Hoose ower bye tuk the notion tae gaun again tae the country, A wuz in duty bound tae luk efter the interests o' oor ain sittin' member, Mr. Mitchell-Thamsin. A beleeve A wuz aboot the first man that Mister Thamsin drappit a line tae whun they brauk up the Hoose; an' as A had gien ma wurd tae at aw times luk efter his interest in North Doon, A cudnae gaun bak on whut A had say'd. An' A'll tak the credit o' hain' din ma duty like A man. A'm in richt doon rale consait o' masel', an' A'm thinkin' A hae richt gid raisin tae be prood o' North Doon. A depitation o' masel', an' a wheen o' the "'Pawls," forbye yin ir twa o' oor local meenister buddies, tuk the train fur Belfast whun we heerd that Mister Thamsin wuz at Mister Mussen's place; an' after learnin' that he hadnae changed onythin' o' his political creed, an' that he wuz still staunch tae the pledges he gien us aboot savin months ago, we determined there an' then tae end the metter by returnin' him at yince. This we did. A can ashair ye it lifted a big load aff ma shooders whun A fun that we wur aw o' yin mine in this maist important metter. An' richt weel A wuz pleesed whun A heard ma ain clergy tell Mister Thamsin that he had his hale-hearted support. Hooiniver, efter the business o' the depitation wuz got iver, an' the fowk begood tae gaun awa, Mister Thamsin touched me on the shooder as A wuz gaun oot wae the rest, an' ast me if A cud spare twa ir three minits, as he wud like tae speak tae me.

The maist o' yee's ken that A'm o' a bakwird turn, so ye'll jist pardin me no' gien ye the perteeclers o' oor talk tagither. Yin thing he did dae afore he left, an' that wuz tae wush ivery buddy in Bangor weel, an' he hoped that afore lang he micht hae the pleesure, like his gid freen the late Mister Corbett, tae see a fitbaw match atween the twa local teams. This brings me bak, noo – an' near time, tae – tae a metter that A wud rether furget aw aboot – A mean the refereein' job; an' seein' that A hae already telt ye pert, A'm bound tae finish; but ma auld heed's no' richt settled yit frae the knockin' aboot A got on that niver-tae-be-firgottin Seterday efternin.

Weel, wains, ye'll hae mine that A telt ye whun the boy spun the hapinee an' wun the toss that ivery man jock o' them spread thimsels aw iver the fiel'. The boys wae the white budy covers tuk yin side o' the grun, an' the chaps wae the claret-coloured shirts tain the ither.

Yin o' the boys wuz at this time fixin' the baw in the white ring in the middle o' the fiel', no' very far frae whaur A wuz stannin'. Whun he got the baw fixed tae his likin', A notished he tuk a gye hard luk at me, as much as tae say – "Noo, ma auld boy, cock yir lugs an' ye'll see a bit o' fun." Weel, A didnae cock ma lugs; bit efter watchin' the boy fur a wheen minits, an' seein' that he wuznae aboot tae mak a shift, A inquired aff him "whut he wuz stannin' there gloorin' at?" "Cum, cum, ma auld buck," says the young fella, "nane o' yir cappers; gie the whustle a wheep at yince, an' let us git a start made." At this time the fowk begood yellin' tae start the match at yince. A lukit at the boy again, an' A notished his mooth wuz gye drawin like, fur aw the warl as if he had tain a big bite oot o' a gye soor crab aipple. A had a terrible fear that the boy was gaun tae feint ir sumthin' o' that sort, an' as A had gid mine o' the Primacy skilmester's instructions aboot blawin' the whustle whun A saw onythin' wrang A thocht it best tae bae on the safe side, an' see tae it that the boy wud git a drink tae bring him roon afore the match begood. A gied the whustle a bit wheep, tae git haud o' Bab Neill's e'e, as A intended tae git Bab tae git the boy a mug o' water; but, wains dear, the whustle wuznae richt in ma mooth till the seekly-lukin chap gien the baw a jab wae his tae, an' aw the ithers that had bin stannin' a minit afore like sae mony pins o' a harrow begood shovin' me aboot tae git at the baw. A wuz clean dumfooner'd, an' A declare tae ye, yin chap coupit me aff ma feet awtagither. Whun A got scrammilt up again an' lukit aroon, A wuz fairly tain abak tae see the hale rick-ma-tick o' them gethered close tae the twa sticks that wuz haddin' up the herrin' net on Wullie Gray's side o' the fiel'. Thinks A, this is a nice carry on; bit A'll shin pit a stop tae these cappers. An' wae that A gies a maist unmercifa wheep o' the whustle.

Wains, dear, whutin a change tuk place. A declare tae ye, fowk, it wuz mair like "Blak Ert" than onythin' else. There they stud, ivery man o' thim in his treks, like a lot o' ducks lukin fur a thunner storm. "What's wrang?" says yin o' the boys. "Wrang —" sez I, gien the boy a gye soor luk, "dae ye think A'm gaun tae stan' here tae bae knockit aboot like an auld lum hat pitched amang a lock o' wains' feet? Yir a nice wheen o' boys, an' A'm shair the toon is prood o' ye, tae see ye actin' the fill here afore sae muny fowk, aw aboot a bit baw. Think shame o' yirsel', man. If A had thocht fur a minit that ye wur aw in sickin a wye tae git a clout at a baw, A wad hae bocht ye yins apiece afore A cum oot here." "Oh! awa an' boil yir can, ye auld haveril," sez the boy, turnin' awa frae me; an' jist then the skilmester cum furrit, an' sez he, "Am A tae regeestir a goal, Mister Referee?" "Ye'll dae naethin' o' the sort," sez I; "but A want ye tae gie me that boy's name," pointin' tae the wee bow-legged chap that had telt me tae gaun an' boil ma can. "Oh," sez the skilmester, "that's Wullie Corr, the best left wing in Bangor." "He's mair like the wing o' the auld drake that A had fur ma last Christmas denner," sez I. "He's a gye teugh bit, an' A hae a richt gid mine tae tell his daddy o' his menners." "A'm afeer'd," sez the mester, "that there maun hae bin sum mistak, as Wullie Corr is a gentleman ivery inch o' him." "Weel," sez I, "it's a gid job that there's no muckle o' him, fur A'm afeer'd, sur, if he wuz as big as sum o' the boys here that he wud hae the baw the hale time tae himsel'." "Niver mine, Mister Gunyun," sez Bab Neill, wha had jist cum forrit, "Yir daein' richtly. Start the game again, an' let us git a deceeshun." Aw this time A notished a chap they caw'd Taylor, wha wuz stannin' inside the herrin' net, grinnin' frae ear tae ear. This boy had a kine o' wye got on ma nerves, an' A cudnae help gaun forrit tae him tae ast him whut he wuz stannin' there girnin aw iver his face fur. Sez I tae him, "A'm thinkin' it wud bae mair yir common if ye were oot amang yir chums an' gie them a haun. Whut ir ye stannin' in there avaw fur?" sez I. "Oh," sez the boy, lauchin', jist takin' shelter here an' watchin' the sport." "Niver mine him, Wullie," sez Mister Neill. "Cum; git anither start made." Sez I, "Mister Neill, A'm the last man in the place that wud stap the sport; but A'll hae ye unnerstan' that A cum tae bae obie'd, ir else A'll gie the whustle sickin a wheep that wull pit ivery man o' thim intae the middle o' nixt week." "Weel, weel," sez the skilmester, "gie them a chance. Git a start made, an' A'll gie ye a haun tae keep thim in order." The upshot o' it wuz that anither start wuz made; but A tuk richt gid care tae bae giely oot o' the road. It wuznae lang till the baw wuz sent tae the side o' the fiel' amang the lukers-on. A had nae need tae bae telt that there wuz sumthin' wrang in that, so A up wae the whustle, an' wheepit awa fur aw A wuz worth. Yin wee chap that wuz rinnin' bye me ast me "whaur A wuz wurkin' noo." A pied nae attention, but jist went forrit tae whaur yin o' the players wuz stannin' wae the baw in his hauns. Noo, A thocht A had sense eneuch tae ken that in a metter o' fitbaw that naebuddy had ony richt tae pit hauns on the baw, an' A wuznae lang aboot tellin' the boy tae pit that baw tae the grun at yince. "It's oor throw-in," sez the boy. "If ye dinnae dae as yir telt at yince," ses I, "it'll no' be mony minits till A gie ye a throw-oot." Wae that some o' the fowk that shud bae kept better begood tae yell: "Pit the auld peatcadger oot o' the fiel!" An ithers o' thim begood throwin' bits o' clie at me. Yin bit struck me on the point o' the nose, whaur it stuck, lukin', as A wuz telt efterwards, jist like yin o' them rid jeely things ye see stickin' tae the stanes aboot the shore side. Whut human nature cud stan' this kine o' behaviour? An' notishin' the wee rid-heeded chap (that wuz the cause o' me baein' in the fiel' avaw) lauchin' as if he wuz likin' tae brust, ma temper gien wye, an', takin' the whustle in ma hauns, A pitched it as far as ma erm cud throw it, an' gien baith Mister Neill an' the skilmester a luk likin' tae meesmerise thim, turn'd on ma heel' an' left the fiel'. A jist had got as far as the dyke side whun Bab Neill catched me bae the erm. "A'm sorrie, Wullie," sez he. "A'm shair ye did yir best; but aw the same, whun A heered it frae the skilmester that ye cud referee a fitbaw match A had ma doots." A stappit lik yin struck. A cud see it aw noo. A had naebuddy bit masel' tae blame fur the disgrace A had brocht on me. The boys wur in want o' a referee, an' because A had yince refereed at a plooin'-match A wuz fill eneuch tae think that A wuz fit tae referee a fitbaw match.

Chapter 8

Wullie Gunyun Interviews the new Member for North Down

A'm shair ye wull aw be wunnerin' hoo it wuz that A hadnae a bit yern in last week's paper. Weel, waens, it was jest this.

A had bin very busy wae the Catch-ma-Pawls, tryin' tae bring in a wheen mair recruits, an A think A iverdin it a bit. A'm no as young as A wus fifty yeer ago, but, like muny anither cratur, A sumtimes furget that A'm no' the Wullie Gunyun that A wus then. A had bin talkin' a gid deal at the last meetin' o' the Pawls, an' A iver-heated masel, an' whun A cum oot o' the meetin' A stud crackin' wae Harry Palmer an' Tam Murdoch, an' got a shiver aw iver me. Hooiniver, A got hame aboot aleven o'clock, an' A wuznae lang in the hoose till Betty notished that A wuznae masel' avaw.

"It's a nice-lukin' thing," sez she, "that a man cum tae your time o' day cannae keep better hours. A declare, since ye cum tae Bangor ye seem tae hae forgotten yersel awtagither. Jist luk at yer hans, there," sez she. "They is blae wae cowl, an' yir nose is gye'n near the same colour. A'm shair if ony o' the nighboors wud drap in noo, they wud sweer ye had bin drinkin', an no makin' Pawls avaw."

"Oh, had yir tongue, wumin," sez I. "A'm as warm as a pie. Gie me ma parritch, an' A'll gan tae bed, an' A'll be as richt as a fiddle in the mornin'."

While Betty wiz pittin' oot ma parritch she wuz scowlin' awa' fur aw she wuz worth. Waens, dear, but a wumin's tongue is a wunnerfa thing. It's nae wunner, indeed, that they used tae muzzle them.

Hooiniver, she quaitn'd doon efter a while, whun A telt her that she was nearly as bad tae me as the wee wummin at the Sufferin' meetin'. The cratur laughed whun A say'd that, an' sez she, "Tak up yir parritch, like a gid man, an' git awa intae yir bed there, an' A'll warm the smoothin'-irons an' pit them tae yer feet, an' maybe that'll pit a bit heat intae yir auld frame."

Tae tell ye the truth, A wuz gled tae tak her advice. A did try tae tak up the parritch, but A cudnae git masel' tae swallow them avaw. They wur aye likin' tae stick in ma throat, an' A had tae gee it up awtagither: so A jist went ben tae ma bed, as Betty had advised. A didnae sleep muckle, fur, in spite o' the warm smoothin'-irons that Betty had wrappit up in yin o' her pettycoats an' pit tae ma feet, a cudnae git masel' warmed avaw.

Whun the mornin' cum, A wuz jist as cowl as iver; so Betty determined that she wud hae Doctor Pope in tae see me. Whun the doctor did cum, he telt Betty that on no account wuz A tae git up, as A had got a severe chill, an' A wud hae tae keep ma bed fur a wheen days.

Betty seen tae it that the doctor's instructions wuz obie'd, an' A wuz kept penned up like a clockin' hen fur three hale days an' nichts.

At last, efter whut A thocht wuz a fortnicht's time, A wuz alloo'd oot o' ma bed: but A wuznae tae gan ayont the kitchen fireside. A neednae tell ye that A was gled eneuch o' even that bit liberty.

Betty got me intae the auld ermchair at the fireside, an' happit me up wae the bedclaes, that A declare A wuz likin' tae melt.

The first nicht A wuz alloo'd up A wuz sittin' like this whun a nice, genteel knock cum tae the daur. Betty went tae see wha wuz there, an' A cud hear voices astin' if Mister Gunyun wuz at hame.

Betty seemed a lang time in answerin', fur A firmly believe that the budy thocht it wuz sum o' the hospital folk cum tae aloo onybudy that wuz seek tae be kept at hame, but that sichin budies had tae be taen awa' tae the hospital.

Weel, as A wuz sayin', it wuz sum time before A heer'd Betty sayin' that "Wullie" wuz in, but that he hadnae bin terrible weel, an' she didnae want him tae be muckle distoorbit. Wae that A heer'd a nice, smooth kin o' a tongue sayin', if it wuz at all possible to see Mister Gunyun for only a minit, that they wud be fur iver obleeged.

"Oh, weel," sez Betty, "A hae nae objections avaw. If ye maun see Wullie, jist step in." So in steppit twa fine-lukin' men. Yin o' the faces A kent at yince. It wus Mister Mussin, the man wha seem'd tae hae sickin a power wae the men at the Council Baird, that ye'll mine A telt ye aboot sum time ago; but the ither man wuz a stranger tae me. Hooiniver, it wuznae lang till Mister Mussin telt me that the gentleman wae him wuz Mister Mitchell-Thamsan, wha wuz gaun tae set up as member o' Parlymint fur oor divishin.

Waens, if ye had seen Betty then lukin' iver her specs. Then she begood the dustin' o' the chairs wae her apern, an' tellin' the twa gentlemen tae sit doon.

"Oh. no, Mistress Gunyun, thank ye; we'll not sit doon," sez Mister Thamsan. "We mustn't furget that Mister Gunyun has bin very unweel, an' we'll jist state oor business tae him breefly."

"Oh, dae sit doon, please, sur," sez Betty. "Ye'll no' dae Wullie ony herm. Jist sit doon, if ye pleese, shud it only be fur a minit."

Dae ye know, waens, A wunner'd at Betty, an' A wuz thinkin' that she wuznae maybe sae parteecilar aboot me as she let on: but A shin fun oot hoo it wuz the budy wuz sae anxious that Mister Thamsan shud sit doon.

The baith men tuk saits, but Betty tuk gid care tae stan close tae the yin Mister Thamsan wuz sittin on.

Efter a time, Mister Mussin says, "Mister Gunyun, wud it be at all possible fur ye tae act as chairman in the Dufferin Hall at Mister Thamsan's meetin' on Monday nicht nixt?"

Dae ye know, waens, A hardly kent whaur A wuz sittin'. Tae think that an auld country gammeril like Wullie Gunyun shud be ast tae be chairman at sich an important getherin', whun there wuz sae muny fowk in the toon brakin' their necks fur sickin a chance o' fame as this!

A wuz aye a bashfa kine o' a budy, an' A railly did not ken what answer tae mak'. A lukit at Betty tae see what wye she tuk the metter. "Answer the man," sez she, "an tell him that ye'll gaun if the doctor alloos ye, an', if ye canna gaun yersel, that ye'll git a man tae dae the job as weel as ye cud dae it yersel'."

"A'm very much obleeged tae you, Mistress Gunyun," says Mister Thamsan. "'Tis indeed very kine o' ye tae alloo the mester tae cum; but at the same time A wudnae think o' astin' him tae cum avaw if the doctor objects. Indeed, A dae hope that he will be enabled tae cum, as Mister Gunyun's presence at my meetin' wud certainly be a great asset tae my success."

"Listen, sur," sez Betty. "If there is ony chance avaw o' gettin' Doctor Pope's consent tae aloo Wullie tae gaun, he'll be there."

Fur ma ain pert, A got nae chance o' speakin' avaw. Mister Thamsan an' Betty seem'd tae think that they had the hale metter sae weel in hans that they had naethin' tae dae wae me avaw. At last sez I, "Yir honour'll pardin me, but afore A can consent tae tak' up sickin responsibilities as bein' chairman at yir meetin', ye'll hae tae answer sum gye streight questins A'm gaun tae ast ye." So A pit sum gye teugh yins tae him, an' the answers A got frae him wur aff-han, streightforrit, an' honist: an' forbye, his answers satisfied me that he wuz the richt man fur North Doon: an' A telt him that, an' that A wud be the honoured man indeed tae be his chairman, shud Doctor Pope alloo me tae be at the meetin'. Mister Thamsan geed me his card. an' say'd that he wud be gled that, ony time that Betty an' me wuz in London, tae call at the address on the card, an' he wud be only too gled tae gie us ludgin's.

Sez I, "Sur, A think it'll be a lang time afore A be in London again."

"Then ye hae bin in London? An' whut wuz yir opinyun o' the village?" sez he, smilin' like.

"No muckle," sez 1. "A nether liked the place nor the fowk."

"Hoo wuz that?" ast Mister Thamsan.

"Fur yin thing," sez I, "A wudnae try tae feed a canary on whut they gie ye in sum o' the eatin'-hooses yonner. A mine whun Betty an me, wuz gaun aboot yin day, we tuk a notion that we wud try yin o' them, so we steppit up tae the daur o' yin o' thon places in Pickallily. As A wuz pittin' ma han forrit, the daur wuz apined by a wee boy wae a terrible lot o' silver buttins on his claes. Then a chap wae a great big curlin' moustache cum an' ast us tae sit doon. A telt the man tae gie us oor denner, an' awa' he went, an' brocht us ony amount o' plates, a wee bit o' beef, an' only yin pritta apiece. A didnae like tae say onythin' aboot the feedin' afore sae mony fowk, but whun yin o' yon gran' ladies wae the toorey-taps on their heeds cum whaur we wur sittin', an' ast Betty tae play on the pianner, A thocht it wuz jist a bit owre fameeliar like, an' A very shin telt the lass that Betty didnae need tae play the pianner fur her meat, as A cud very weel an' wuz willin' tae pey fur onythin' she et."

"Weel, weel," says Mister Thamsan, "shud ye change yir mine, an' cum tae London again, call at the address I geen ye, an' A'll be delighted to show you round."

An' wae that, baith men went. As shin as the daur closed, Betty jumpit forrit tae the chair Mister Thamsan had bin sittin' on, an' liftin' it up, she says, "Wullie, dear, that chair'll never be sut on by anither man as lang as A leeve: an' A'll hae it din up nice. so that A can show it tae aw' tha tealls, that it wuz sut in by Mister Thamsan, the member o' Parlymint fur North Doon."

Chapter 9

Wullie Gunyun's Substitute at the Unionist meeting

Ye'll nae doot hae mine that A promised Mr. Mitchell-Tamsin last week that A wud tak' the chair at his meetin' in the Dufferin Hall; but whun the doctor ca'd in on Monday mornin' tae see hoo A was daein, he telt me that he wudnae gie his consent avaw tae me gaun oot o' the hoose fur twa or three days. A telt him the promise A had made tae Mister Tamsin, but he jist say'd it wuz as muckle as ma life wuz worth tae gaun agin his instructions.

The Doctor, ye ken, is a gye an' determined yin, an' whun he says a thing he means it. So A thocht that the best thing A cud dae wuz tae tak him intae ma confidence, an' ask his advice as tae whut A shud dae aboot the meetin'.

"Noo," sez he, "ye cannae go, an' that's settled, so the best thing ye can dae is tae appoint sum budy o' importance in the toon tae tak' yir place."

"Wha can A git?" sez 1. "Ye ken, doctor, A'm no very weel aquant wie the folk here, an' A wud like tae ken aw aboot the boy that A wud intrust sich an important metter tae. Is there ony yin that ye cud mention, doctor, that wud be able for the job?" A ast.

"Weel," sez he, "like yirsel', Mister Gunyun, A'm no' weel aquant wae the folk in Bangor but there's yin man that A had up at ma hoose sum time ago makin' a wheen alterations, an' a mair straight-forrit chap A hainne met since A cum tae this pert o' the country: an' fur masel', if A had onythin' o' sich importance as ye speak o', A think A wud be justified in pittin' the metter intae his hans tae be satisfactirilly carried oot."

"He's a man," continued the doctor, "that's weel spaukin' o', an' a great favourit wae aw the workin' men o' the toon."

"That's the very man fur me," sez I. "Whut dae they caw him? But, doctor, before ye tell me his name, dae ye think he wud consent tae tak' the job?"

"As fur takin' the job," says the doctor, "A wudnae say: but if ye can git his consent," says he, "A'll answer fur it that a better man ye cudnae get, no' if ye searched the hale toon."

"Cum, doctor," sez I, "gie me his name at yince. A'm satisfied efter what ye hae said that he's the richt man fur the job."

"His name," says the doctor, "is Jimmy Sevige, an' he leeves up in Moont Herald."

"Why," sez I, "that's the very hoose that ma auld freen Robin Gordin leev'd in fur a lang time efter he shifted frae Newton tae Bangor."

"The very place," says the doctor: "an' if ye like, A'll drop in tae Mister Sevige's place, an' tell him ye wud like tae speak tae him."

"Dae, doctor," sez I, "an' A'll be fur iver obleeged tae ye."

It wuznae lang efter the doctor left till A knock cam tae the daur, an' in steppit a fine, sturdy-lukin' chap, smilin' aw iver his face.

"Gid mornin', Mister Gunyun," says he. "Doctor Pope tells me that ye ir wantin' tae hae a wurd wae me."

A lukit at him fur a minit, tae tak' the size o' ma man, an' then says I, "Is yir name Mister Sevige?"

"Weel," says he, "A beleeve A wuz christened Jimmy Sevige, but if ye ir wantin' tae pit a hannel tae it A cannie help it."

"A!" says I: "gie's yir han, boy. Ye ir plain an' dacint, like masel'."

Mister Sevige gaed ma han a gye warm grup, an' A kent bie the wye he tuk had o' ma nieve that he wuz yin o' the boys that wuz "Gan tae see this thing through."

Aw this time Betty wuz bunnilin' aboot pittin' the place tae richts, an' efter she got things tidyed up a bit, she pit a wee table aside ma ermchair, an then brocht a chair oot o' the room fur Mister Sevige tae sit doon on.

"Noo," says I, "Mister Sevige, ye'll nae doot be wunnerin' why A sent fur ye. Weel, A'll no' keep ye lang in the dark, that is, if ye answer me sum questins A'm gaun tae pit tae ye."

"Saebeit," says he, "If A'm ast an honist questin, A'll gie it an honist answer."

"A'm no' yin bit afeerd o' that," says I; "but ye'll no' blame me, A'm shair, fur feelin' ma grun afore A tell ye o' the important metter A'm gaun tae intrust intae yir hans."

"No' yin bit," sez he, at the same time giein thon big rid moustache o' his sick a poo that A thocht he wud draw it oot.

A neednae tak' up yir time tellin' ye aw the questins A pit tae him; but he answered them aw tae ma likin'.

"Noo," sez I, "it's jist this wie, Mister Sevige, "A hae bin ast bae Mister Mitchell-Tamsin an' Mister Mussin tae tak' the chair at the Bangor meetin' on Monday nicht, an', railly, A'm no' fit tae gaun. The doctor tells me A'm no' tae stir oot the hoose withoot his orders, an' rether than disappoint thon dacint man, an' seein' that A cannie gaun masel', A'm determined tae dae the nixt best thing bae pittin' the best man A can think o' in ma place. So. Sur, A wud hae ye think weel, an' wigh the metter in yir ain mind, an' decide whuther ye think ye cud tak' the chair in ma place at whut'll be a very important, an' A'm shair a very big, getherin'."

"A'm very thankfu' tae ye, Mister Gunyun," says Jimmy, "fur the confidence ye pit in me: an' as A richtly see wae ma ain een that yir no' likely tae bae fit avaw tae gaun oot o' the hoose fur a wheen days yit, A'll no' disappoint ye. A'll dae as ye ast. A'll tak' the chair, an' dae ma very best on your behalf."

"A'm fur iver obleeged tae ye," sez 1: "if at ony time A can dae ye a turn, A'll dae it. A'm no' yin that shin furgets a budy that hez din me an obleegment, an' shud ye at ony time be wantin' a load o' moss coom, tell me, an' A'll shin git Sammy Muckle tae bring in a load as gid stuff as iver ye pit yir han in."

"A'm shair A'm very thankfu' tae ye," says Mister Sevige: "an' indeed A jist micht bae wantin' a kind o' coom fur the gerdin yin o' these days, an' A wud be fur iver obleeg'd tae ye fur it. But," says he, "A wud like if ye wud gie me a wheen tips as tae whut A'm tae dae."

"Weel" sez I, "of coorse ye'll hae tae intraduce the candidate, an' then ye'll hae tae ast the folk tae gie him a hearin', an' tell them that if they hae ony questins tae ast, that they'll git a chance efter Mister Tamsin hiz din speakin'; but ye'll no hae ony bother, as A hae spauken tae Mister Tamsin, an' A fin' him tae be a boy that can richtly luk efter himsel'. So, awa ye go noo, an' git yir heed cleared, an' be shair ye drap in an' tell me hoo ye git on as shin as the meetin's iver.'

Whun Monday nicht cum, A wuz at the fireside, crackin' tae Betty, an' tryin' tae devert masel; but A cudnae keep ma thochts frae aye turnin' tae the meetin; an' whun the clock struck ten A was very thankfa indeed, as A kent it cudnae be lang noo till Mister Sevige wud cum tae report hoo he got on. Aboot five minits efter ten in cums Jimmy.

"Weel, boy," says I, before he had time tae sit doon, "hoo. did ye cum on?"

"Mister Gunyun," says he, "A dae wush ye had bin there. It wuz the finest getherin' A iver clappit een on, an' iverythin' went as smooth as gless till the questin time cum, an' then yin or twa folk that A thocht shud hae kent better tried tae impute Mister Tamsin was hedgin': an' A wuz terribly vexed at ma ain clergyman, the wie he got on."

"Whut did he dae?" says I.

"O, it's no' whut he did," says Jimmy, "but he wuz wrang cumin' there an' sayin' he represented the largest congregation an' the Catch-ma-Pawls Society in Bangor. A ken, fur ma ain pert, that he had nae authority frae other places tae say he was tae represent them at that meetin', an' A'm no satisfied avaw," says Jimmy, "at his conduct. Whun he cum intae yon meetln' he wus jist representin' his ain vote, an' nae ither budy's, an' A wad like him tae unnerstan that at yince, so that he wudnae mak' sickin a mistak' again; fur tae tell ye the truth," says he, "he nearly made as big a disturbance fur a while as Erchie Tamsin did."

"Weel, weel," says I, "a budy betimes says things whun the blid's up that they regret efter: an' A'm shair if his revirence hiz caused ye ony annoyance, he'll be gye'n sorrie fur it: but, niver mind, A'll set things tae richt on Wednesday, whun A gaun up tae Ballymacarrett tae pit in the nomination papers. A hope ye seen tae it," says I, "that Mister Tamsin got hame safe?"

"O, fur that," says Jimmy, "a wheen o' the boys, amang them A notished lve Stuart an' Mosey Gibson, shin got haud o' Mister Tamsin, an' shooder'd him alang as far as the church, an' the folk cheer'd him as if they wur likin' tae brust: then they pit him intae Mister Crawfird's carriage, an' awa' he went, smilin' an' waivin' his han. An' noo," says he, "A think A'll be gaun awa' hame. fur the mistress wull be anxious like tae hear hoo A got on; so A'll jist bid ye gid-nicht, an' A hope ye'll be weel an' able tae gan up tae Bilfast on Wednesday."

Whun Mister Sevige went oot, A turned tae whaur Betty was sittin', an' say'd A wuz pleased at the report Mister Sevige geed me o' the meetin', an' telt her if at ony time again that A wuz stuck, A kent whaur tae send fur a man that was baith wullin' an' able tae help a budy whun in a bit bother. It wuznae lang efter that A went tae ma bed, feelin' baith happy an content: but before A did gan, A telt Betty tae git out ma Sunday claes, as A wuz determined tae gan up tae Bilfast on Wednesday, tae keep ma promise o' "seein' this thing thro'," so, wains, A'll hae tae stop noo, but nixt week A'll tell ye o' hoo A wuz received at Ballymacarrett, an' had ma picter tain wie Mister Tamsin an Mister Crawfird, an' sum o' the funny things that wuz say'd whun Mister Tamsin wuz declared the member fur North Doon, withoot ony opposition avaw.

Chapter 10

Wullie Gunyun an' the election o' Mister Mitchell-Thamsin

Nae doot ye'll hae mine that last week A say'd that A wud tell ye o' sum o' the things that tuk place in Mister Kelly's offish in Ballymacarrett whun A went there tae pit in ma papers nominating Mister Mitchell-Thamsin as a candidate fur North Doon: but, afore A dae that, A maun say that frae the nicht Mister Sevige drapt in tae tell me hoo he got on at the meetin' till the mornin' o' the nominations A gied Betty a time o' it, A can tell ye, keepin' me in the hoose.

She wuz determined tae hae me fit tae gaun, so she made up her mine that oot o' the hoose A wudnae stir till Wednesday mornin' cum, an' even then she declared A wudnae gaun tae Bilfast unless it wuz dry unnerfit. So ye may be gye'n shair A wuz on ma best behavyur, fur feer she cud tak sum notion o' no lettin' me gaun avaw.

Hooiniver, A was up oot o' bed on Wednesday mornin' aboot fower o'clock, an' A declare A think if A cud hae gotten Betty tae let me hae ma gid claes A wad hae made a start on the mortal minit tae tramp it tae the toon.

Weel. noo that A wuz up, A thocht A wud mak masel' a bit usefa; so A pit on the fire, boiled the kettle, an' made a drap tay. But whun A had it made A cudnae let it cross ma lips. So A tain Betty hers, an' the budy thankit me, an' say'd A wuz jist as thochtfu' o' her as A wuz the day we wur merrit.

A ast her if she wudnae think about' gittin' up, as the mornin' wuz gittin' on, an' it wudnae bae a crack till train time.

She did git up: but, wains, dear, if ye had seen her face whun she cum intae the kitchen an' luck'd at the clock! A declare tae you A thocht she wuz gaun tae hae a fit.

"Whut dae ye mean, sur," sez she, "waukinin' fowk at this unearthly time o' the mornin'? Ir ye weel eneuch, or is yir heed gaun clean crackit awtagither?"

"Noo, Betty, dear," sez I, soothin' like, "shair it's time that aw sensible fowk wuz up an' oot o' bed lang ago."

"Dae ye ken whut time o' the mornin' it is?" sez she. "Luk at the clock, there," continued Betty, "an' answer me at yince hoo it is that A'm tae bae disturbit in ma rest this wye by the fill nonsense o' an auld gaum o' a man that shud ken better."

"Shair," sez I, "the clock's stappit, an if ye dinnae hurry an' git ma clais oot o' the kist A'll bae late fur the train, an' ye'll hae naebudy but yirsel' tae blame shud onythin' happin tae stap Mister Thamsin frae gettin' in."

"Weel, weel," sez she, "ye ir the changed man since ye cum intae Bangor tae leeve. Whun we wur on the ferm, no' yin bit o' me cud git ye onot o' yir bed whun ye shud hae bin up: an' noo, whun ye hae a chance o' restin', ye maun be up afore night's richt started."

It wuz a guid while afore Betty got settled. Hooiniver, she got me ma Sunday claise, an' it wuznae lang till A was dressed trig an' nice: an' whun A steppit oot o' the room intae the kitchen, the soor luk went oot o' her face. She cum forrit tae me, an' pittin her han on ma shooder, "Wullie," sez she, "yir an auld man noo, but A dinnae see muny o' the yung yins that A wud pit afore ye yit."

A wuz determined tae gaun up tae Bilfast bae the quarter tae ten train; so, whun the clock stud at twenty minits past nine, A say'd tae Betty that it wuz time A wuz startin'.

So aff A started, an' whun A got tae the platform A met James

Gillis, a very auld frien' o' mine, an' naethin' wud dae him but A wud hae tae cum intae his compertment an' bae intraduced tae a wheen o' his aquantance.

A maun say they were a hearty set o' boys, yon: an' they kept me in a crack aw the wie up the line. A cudnae help tellin' Mister Gillis o' the time the first train run doon past ma fether's place, an' whut A thocht it wuz. It wuz jist like this – A wuz plooghin' in yin o' the fields nixt the new line, an' whun the train whuzzed past, A drappit the riens an' aff tae ma heels tae whaur ma daddy wuz fittin' peats in the moss, an' yellin' fur aw A wuz worth that "the smiddy had run awa wae a raw o' hooses." A wush ye had seen the faces o' the boys that wuz in the carriage whun A say'd this. Yin wee blackeviced Scotchman that wuz sittin' smokin' his pipe in the corner gied the chap that wuz aside him a clap on the knee, sayin', "Aye, Blair, whut dae ye think o' that?" Sum time efter A heerd sum yin mentin the name Stewart, an' A turned tae Mister Gillis an' ast him if that wuz the same Stewart that shoudered Mister Thamsin efter the meetin'. Mister Gillis say'd it wuz. So A spauk tae Mister Stewart, an' telt him A wuz furiver obleeged tae him fur daein' what A wud hae din masel' had A bin there. Onywie, whun the train arrived at Bilfast, A telt Mister Stewart whaur A wus gaun, an' that A wud hae tae tak a car, as A didnae ken ma wye tae Mister Kelly's place.

"Ye neednae tak a car avaw," sez Stewart. "Mister Kelly's place is jist roon the corner. Cum awa wae me, an' A'll shin show ye his place."

In twa or three minits A wuz at the Sheriffs daur: so A turned tae Mister Stewart an' thankit him fur his kindness. Mister Kelly wuz standin' at the daur as A went furrit: but whun he saw me, he gruppit me bae the haun, an then gie'n me a clap on the shooder. Sez he, "Cum awa in this minit. Mister Thamsin an' the rest o' them hae bin waitin' fur the last hour on ye."

Whun A went intae the inner offish o' yon big buildin', A notished a wheen o' very nice-lukin' fowk aw talkin' amang thimselves; but when Mister Kelly mentioned my name a great cheer went up, an' Mister Thamsin cum forrit an' shukit hauns wae me, an' ast me if A had quite recovered frae ma disposition. Then Mister Crawfird wud hae me tae sit aside him; but before A did sit doon, A handed Mister Mussin the nomination paper, an' telt him tae luk iver it, an' see if iverythin' wuz in order.

"Oh," sez Mister Kelly, "A'll gar that Mister Gunyun's papers is aw richt: its no the first time he his filled in a nomination paper, an' whut's mair, he generally nominates the successfa man. So," sez he, "that's a yin in yir favour, Mister Thamsin, tae hae a boy like Mister Gunyun here as yir richt han man."

Mister Thamsin say'd he had bin advised afore lavin' Lundin tae git in touch wae Mister Gunyun, as shin as he cum tae Bangor, an' he had carried oot his instructions tae the letter.

A thankit the gentlemen fur their kind wurds, an' turned tae Mister Kelly tae hae a bit crack.

Mister Kelly an' me wur talkin' awa fur dear life, whun yin o' the clerks in his place cum intae oor room, an' sez he, "Gentle-men, the time's up fur receivin' nominations." So Mister Kelly went forrit tae the table wae my paper in his han' an' say'd that, as Mister Thamsin wuz the only yin nominated, that he wud declare him duly elected. Efter the cheerin' an the han' shakin', we aw sut doon an' begood tellin' o' the stirrin' daeins at the auld-time elections, an' yin efter anither telt stories o' sum o' the queer things that happined at them.

"A'm shair," sez Mister Kelly, "Mister Gunyun, here, cud tell us sum startlin' things that his tain place in his pert o' the country in bye-gane election times."

"Weel," sez 1, "A dae mine sum queer things takin' place, but A think the funniest wuz what happened oor minister at Ballybuttle at the time Lord Arthur Hill wuz opposed by that fine auld man John Shaw Broon. The minister had been thro' the hale parish fur days on horseback, strivin' tae git the people tae gaun forrit tae the hustins: an' on the mornin' o' the election day he wuz gaun alang this wye, makin' his road to the votin place. Shortly efter he passed ma fether's loanin' he saw Wullie Kaig sittin' on the dyke side smokin' his pipe.

"'Ho! ho Wullieum.' sez the minister. 'Whut wie ir ye no' on the road tae the votin' place?'

"'Weel,' sez Wullie, 'the wife hiz ma shirt in the wash-tub, an' no' haein' anither yin, A cannie go very weel this wye,' at the same time showin' his breest wuz as innocent o' a shirt as the day he wuz born.

"'Dear me,' sez the minister, 'that's too bad. But ye maun cum tae the votin' shud A gie ye the shirt aff ma back.'

"Wae that his reverence begood peelin' aff his claise, whaur he sut on the horse's back. He had got his coat an' waistcoat aff an' lyin' across the horse's neck, whun he started drawin' aff his shirt. He had gien it a sherp tug, tae git it iver his heed, whun it cum awa easy in his hans. The bit breeze that wuz blawin' got intae the shirt, an' dashed it iver the horse's heed. This started the horse at a gallip, an' there sut his reverence withoot shirt, coat, or waiscoat, strivin' tae git haud o' the riens: but no' yin bit o' him cud manage tae stap the horse avaw till he wuz landed amang the crood o' fowk that had gethered at the market hoose in the Newton Square. A'm tellin' ye, it tuk a gid lock o' explainin' tae the fowk by his reverence hoo it wuz that he had cum tae the votin' in the condition he wuz in, an' whun baith Mister Broon an' his Lordship heard o' it, they pit their heeds tagither an' presented the minister wae a goold watch an' chain."

"That's a very gid yin," sez Mister Kelly, "bit ye'll hae tae tell Mister Mussin, here, hoo ye tricked the Newton attorney.

"Dear me, Mister Kelly," sez I, "hoo did ye hear o' that?"

"Niver mine hoo A cum tae hear it," sez he. "Jist tell it tae him. It micht be o' sum use tae him at sum time in the future."

"Oh," sez I, "there wuznae muckle wrang, but A had bin bothered fur a gid while wae Tam Scott's kye brakin' intae ma corn, an' A had ast Tam twa or three times tae luk better efter them whun grazin on the road side. Tam telt me A wuz very imprint fur darin' tae advise him as tae hoo he wuz tae luk efter his ain cattle. Tae mak a lang story short, the kye did git intae the corn again, and as A wuz determined tae git pied fur the damage, the nixt time A wuz in Newton A made ma wye tae Attorney Tweedie's place tae pit the metter before him an' git his advice. An' efter hearin' whut the attorney had tae say aboot it, A wuz aboot gaun oot o' the offish, whun Mister Tweedie says, 'Ye'll please gie me 7s 6d.'

"'Whut fur?' sez I.

"'Fur my advice, of coorse,' sez he.

"'Oh, weel,' sez I. 'A'll see aboot the pying o' ye whun A tak yir advice: but as A'm no' gaun tae act as ye advise this time, ma gid man, A'll jist bid ye gid day.'"

"Very cute," sez Mister Mussin, "very cute indeed. I'll tak the hint, Mister Kelly. The advice may stand me in good need sum ither time; but as A can see the gentlemen ir wantin' tae git awa tae their business, micht A ast ye, Mister Gunyun, tae cum oot tae the daur fur a minit an' git yir photograph tain wae the rest o' us."

So oot A went, an' had ma picter tain; an' what's better, it wuz in aw the newspapers the same nicht that Mister Thamsin wuz returned as Member o' Parliament fur North Doon.

Chapter 11

Wullie Gunyun's Blethers aboot the Pickie Soomin' Pond

A wuz sittin' in the shilter in the Esplanade the ither day whun a lump o' a boy cum forrit tae me an' gien me a circular. At first A wuznae fur takin' the paper oot o' the boy's hand ava, as A thocht he mebbie wud be wantin' tae be pied fur it; but whun he telt me A cud hae it fur naethin', an' that it wus worth readin', A tuk the paper an' thankit him fur it.

As A hadnae ma specs wae me at the time, A pit the circular in ma pokit, determined tae see whut it wuz aboot whun A wud gaun hame.

Jist as A wuz pittin' the paper in ma pokit, Mister Tammy Murgin cum forrit.

"Ah, Mister Gunyun," sez he, "A see ye hae bin gettin' sum o' the papers aboot the 'Soomin Ponds' that some o' the nice, genteel boys o' the toon is wantin' the Cooncil tae big fur them."

"Is that whut the paper's aboot?" sez I.

"It's gie'n like the yin A got this morning," sez he. "Let me luk at it fur a minit an' A'll shin tell ye if A'm richt."

A brocht the paper oot o' ma pokit again an' handed it tae Mister Murgin. It didnae tak Tammy lang tae read it through tae me, an' A can tell ye A wuznae a wee bit astonished tae learn frae the circular that a wheen of boys that's lately cum tae the toon tae leeve maun hae the sea water warmed afore they tak their dip.

"An whut's your opeenyun aboot 'sat water' baths, Mister Murgin?" sez I.

"It'll no' tak me lang tae gie ye my view o' the matter," sez he.

"Ony man." sez he, "that cannie tak his bath in the sea in its natural state shudnae bathe avaw, nayther in fresh or sat water, nae metter whuther het or cawld. Fur ma pert," sez he, "A hae din mair sea bathin' than the mast o' fowk in Bangor, in wunter as weel as in summer, an' A can ashair ye, Mister Gunyun, that bathin' in the wunter wuz as great a benefit tae me as it wuz in the warmest day in summer; but ye can tak frae me, Mister Gunyun," sez he, "that it's no' fur ony benefit that hot sat water baths is gaun tae dae the toon that the boys that got the circular up ir thinkin' aboot: because if these same lads had thocht fur a minit that sichin a thing wuz likely tae benefit the place, they wudnae hae needed tae hae had their meetins' in the hole an' corner fashin that they did.

"A wunner," sez Mister Murgin, "if them fellows that had the secret meetin' in the Dufferin Hall a wheen weeks ago imagined that they wur the only fowk in Bangor that had the interests o' the toon at heart?"

"O, then," sez I, "there hiz bin meetins aboot the metter before?"

"Aye," sez he; "there wuz whut wuz supposed tae hae bin a public meetin' in the Dufferin Hall sum time ago, but whun a big getherin' o' the largest ratepayers in the toon went tae the meetin', they wur quately telt that they cudnae remain in the place avaw, as this metter o' public interest wuz tae be discussed privately by a wheen o' boys that hadnae a penny interest in the toon, exceptin' Mister Tam Matthas, wha is, A maun admit, a big ratepayer; but A wuz mair than surprised that a man o' Mister Matthas' intelligence alloo'd himsel' tae be the tool an factotum in thon men's hans."

"An' whut ir they noo sen'in' oot these papers fur?" sez I.

"O," sez Mister Murgin, "that's a wee bit policy tae curry favour wae the fowk that wuz insulted by haein' the daur o' the meetin' place closed in their faces. But," sez Tammy, "ye'll hear mair aboot this, because a vote maun be tain o' the Bangor fowk's minds in the metter before the Cooncil daur dae onythin'."

Wae that Mister Murgin gaed awa' hame, so A thocht A wud jist tak a walk roon tae the Pickie bathin' place, tae see whut wuz wrang wie the place that new baths wuz ast fur.

A cudnae help thinkin', as A wuz dannerin' roon the shore, o' the soomin' an' diving matches that A used tae cum intae Bangor tae see whun A leeved in Ballybuttle.

There wuz nae talk amang the boys that bathed in them days wantin' the water warmed.

Whun A cum tae the place whaur Tam Ritchie used tae hae his bathin' box, A wuz startled at the change that had tain place. Whaur Tam's wuddin hut used tae be there wuz a great, fine, stane-built hoose. an' at the side o' it wuz a dam o' nice clean water, an' the place wuz aw rilled in.

A wuz stanin' lukkin' through the rillins, whun a wee, stoot stump o' a buddy cum tae whaur A wuz stanin', an' sez he, "Mister Gunyun, wud ye no' like tae cum in an' luk roon?"

A thankit the man, an say'd that A wuz furiver obleeged tae him, an' that A wud like very weel tae gaun in an' see aboot me.

So the wee man pointed oot the daur, an' telt me tae gaun roon, an' he wud apin it fur me. Weel, it wuznae lang till A wuz inside, an' whun the man that apined the daur had lockit it again, he turned tae me, an' sez he, "A'm shair, Mister Gunyun, ye'll see quare changes here."

"A dae indeed, sur," sez I, an A lukit at the buddy's face, as A thocht A kent the voice. Sez I, "Ye'll pardin me fur bein' imprint, but is yer name Forgison? Yir face is fameelir like, an' ye pit me terribly in mine o' an auld acquaintance they caw'd Captain Fergison."

"Ye dinnae mean tae say," sez the wee man, "that ye dinnae

ken me? Man, Wullie Gunyun," sez he, "A wud hae thocht ye wud hae bin the last man in the warl that wud hae forgotten Joanny Forgison."

A rubbed ma een an' gien the boy a luk, an' there, shair eneuch, A cud see before me stanin' ma auld frien Captain Forgison, an' as fat an' fresh-lukkin' as he wuz whun A kent him forty year ago.

"The dear man Joanny!" sez I. "Whut ir ye daein' here? But A neednae ast that," sez I, as ye hae yir coat aff, A suppose ye hae bin bathin. Man," sez I, "yir no' like the boys nooadays that want tae hae the sea warmed before they tak their dip." The Captain lauched, an' sez he, "Wullie, A ken whut yir drivin' at; but ye ir wrang if ye think A hae bin bathin'."

"Then," sez I, "whut wye is it ye hae nae coat tae yir back?"

"O," sez he, "ye ken, A hae cherge o' the Pickie Bathing Rock, an' A throw aff ma coat whun A'm on duty, as a buddy disnae ken the minit he micht be wanted tae help sum bather in distress."

"Boy," sez I, "this is better an' safer than sailin' an auld 'wun jammer,' an' A'm shair, Joanny, yir no sorry at the change."

"No yin bit," sez he, "but aw the same, sum times, whun A see a weel rigged schooner gaun scuddin' alang wae a fresh breeze at her tail, ma auld heart yearns, Wullie, fur the days that ir past fur aw time."

"A can richtly unnerstan' yer feelins," sez I, "as it wuz a bit jerk tae masel tae hae tae brack awa' frae the auld bit place – whun A selt it – whaur A had spent atween forty an' fifty years o' the best pert o' ma life; but then, man, changes maun tak place, an' the auld fowk maun gie wye tae the younger generation that's risin' up aboot us. But Joannie, boy, A'm gled tae see ye, A em indeed; an' as A jist cum roon here tae see whut wye it wuz that sum o' the Bangor fowk wur wantin hot soomin' baths, A thocht that the man in charge o' Pickie, whaiver he micht be, wud be shair tae hae heerd sum o' the opeenyuns o' the bathers; but whun A did cum roon here A didnae expect tae meet you Joanny. But A'm gled tae see yir in the best o' health, itherwise yer face is no' tellin' the truth; so noo, Captain, A wud jist like ye tae tell me, dae ye iver hear ony o' the boys that bathe here sayin' that hot sat water baths ir needed?"

"Weel, noo, Wullie," sez the Captain, "if there is ony man in Bangor A wud like tae obleege, it wud be you, Wullie Gunyun, but ye ken," sez he, "that a man like me, in a public position, needs tae be carefa o' whut he says; but at the same time, Wullie, A think ye'll no' see ony hot sat water baths in Bangor in your time. Cud ye imagine, noo, ony fresh, full-blided young man wantin a hot sat water bath? The nixt thing A'm waitin' tae hear is that sum o' them wull be wantin' a warm drink efter their warm bath, an' then tain hame in a covered carriage."

"Can ye tell me, Joanny, what perty is at the bottom o' this notion?"

"Na," sez the Captain, "A'm no' able tae tell ye that; but, as A say'd before, A think ye neednae be a bit scaured aboot the warm soomin' baths bein' built, as A'm telt there is gaun tae be a public indignation meetin' held in the Dufferin Hall, an' yir auld freen Mister Jimmy Sevige is gaun tae be in the chair."

"The dear man!" sez I. "Dae ye tell me that? A'm gled tae hear that, an' A'm shair tae git sum information there that'll fit me richt whun it cums tae the votin'; so A'll no' bother ye ony mair at the present. But, man, Joanny, A cannie gaun awa' withoot sayin' that A'm terrible gled tae see ye, an' A'm pleased tae see the grand changes that ir made here."

"Man," sez I, "A mine the time whun there wuz sum sport worth lukin' at tuk place here, whun Mister M'Kee, the skilmester had cherge o' the North o' Ireland Soomin' Club, an' Tammy Murgin an' Jimmy Miskelly wur competitors fur the lang distance diving. Speakin' o' divin', A mine, Captain, yin time that Mister Murgin made up his mine tae bate hiz best record in divin'. An' faith he stapped sae lang unner the water that the fowk begood tae think he wuz drooned, an' at last, whun he did cum up, the blid wuz rinnin' oot o' his mooth an' nose. It wuz a near thing fur Jimmy."

"A heerd tell o' a fella," sez the Captain, "that cum tae Bangor tae brak Mister Murgin's lang distance divin'. He din aw his practice at the rock here, but tae mak metters shair he got a boat an' filled her wae the skalins o' lime stane, an' wae thae bits o' white stanes he made a white track frae the rock as far oot in a streight line as he thocht ony man cud possibly gaun unner water. Weel, man, sum o' the Bangor fowk had seen whut the boy wuz at, so they up an' telt Mister Murgin. Tammy cums doon tae the rock, peels aff, an dives in, an' faith he went oot ten yerds farer than he had iver din before. Hooiniver, Mister Murgin thocht he wud play the record bracker a trick. So Tammy dives in again an' covered up the white line; then, efter pittin' on his clathes, he an' Jack Ritchie gits a boat an' fills her wae the lime stane screenins that they brocht iver tae the Pickie, an' they turned tae an' made a streight line oot frae the rock aboot ten yerds, an' then made a big complete circle. The nixt day wuz the day o' the divin' match. Jimmy Miskelly wuz the first man an' he made a gid hunner yerds in a straight line. Then cums Tammy, wha went aboot ten yerds mair. An' then oot cums the celebrated record bracker. Efter a great show o' swingin' his erms, doon he plumps. An' dae ye ken Wullie, it wuz aboot as funny a thing as iver ye saw in yer life tae see the fella soomin' roon an' roon like a water rat efter an air bubble. But that wus naethin' till he cum up. As shin as he got tae the surface he lukit tae see whaur the rock wuz, expectin', A'm shair, tae see it at least a hunner an' fifty yerds frae him: but whun he saw that he cud nearly pit oot his han' an' touch it, he begood tae the rubbin' o' his een, an' then lukkin' aroon. An' even then he wuznae satisfied till he soomed tae the rock in twa strokes an' touched it. That din him fur record brackin' as far as Pickie Rock wuz concerned."

As A wuz aboot gaun awa', twa lumps o' boys aboot ten year auld cum oot o' the bathin' hoose stripped, an' whun they got tae the edge o' the rock the weest o' the twa turned roon tae the Captain. an' sez he, "Captain, is this water deep?"

"Deep," sez the Captain: "can ye no' soom?" An' afore Joanny cud tak a step, baith boys louped in head foremost. Aff went the Captain's waistcoat, an' he wuz kickin' aff his boots, whun the twa heids peeped up abin the tap o' the water, an' turned tae the Captain wae lauchin faces, sayin, "Nae hot baths fur us. Captain. MACONNELSHINS, NO. THIS IS NATURE'S BATH, AN' WE JIST LOVE IT!"

Chapter 12

Wullie Gunyun's Crack wae Medley Barrett

A wuz gaun alang tae the fit o' Main Street the ither mornin' whun A notished a baird hingin' on the Esplanade railins wae a big yellow bill stickin' on it. So A thocht A wud danner across an' see whut it wuz aboot. Efter fittin' ma specs on ma nose, A lukit at the poster, an' A can tell ye, fowk, that A wuz no' a wee bit dumfooner'd tae see that it wuz somethin' or ither aboot Medley Barrett's No Mad Company. Thinks I tae masel' shairly that's a mistake o' the printer's but jist as A wuz thinkin' this, wee Rabert Mukilroy, the heed man in charge o' the Esplanade, cum forrit, an' sez he, "Isn't that a nice kin' o' a mornin', Mister Gunyun?" "It is, indeed, Rabert," sez I, "but wud ye jist cum here a minit, fur A'm shair there bit tae be sumthin' wrang wae the printin' on this bill A see stickin' up here." So Rabert steppit forrit an' efter readin', he turns tae me, an' sez he. "A'm no' jist as sherp as you ir, Mister Gunyun, but fur my pert A cannae see onythin' wrang aboot it."

"Why, man," sez I, "can ye no' use yir een? Read that bit there," pointin' wae ma thoom tae the line 'Medley Barrett's No Mad Company,' "an' tell me if ye think there's no' a mistauk in the printin."

Rabert tuk his time readin' the lines A had pointed oot, an' fur a second time turned tae me, an' say'd he railly cud not see onythin' wrang.

"Boy Robert," sez I, "A'm afeer'd yir skil-money hez bin lost on you. Noo," sez I, "dae ye no' think that that line there shud read 'Medley Barrett's No Bad Company'? Cud onybudy think o' a man tellin' the fowk – aye, an' in print, tae – that he's no mad? But efter aw," sez I, "a budy neednae wunner at onythin' noo; fur A mine yin time A wuz in Glesca hearin' a man they ca'd 'The Clincher,' wha wus stanin' in the centre o' a big crood o' fowk, tryin' tae sell a weekly paper he edited, that he wuz the only man in Glesca cud produce a Government certeeficate that he wuznae mad. This Clincher wuz a very eccentric kin' o' a chap. an' was aye gettin' intae bother wae the pileece fur getherin' croods aboot him in Argyle Street: but the Magistrates cudnae git him tae stap it, so at last they sent him tae a loonatik asylum. But the mester o' the asylum wudnae tak him in avaw, because the doctors wudnae certify that his heed was turned. Then the bother begood, fur no' yin bit o' the Clincher wud lay the asylum hoose till the doctors gied him a certifikat that he wuz sane. An' ony time efter that whun ony o' the boys wha thocht themsels sherp yins tried tae tak a haun oot o him, the Clincher wud turn on the crood, an' flourishin' his certifikat, wud caw them fur aw sorts o' fills an' idiots, an' if they wurnae that, tae prove it tae him by producin' their certifikats. So maybe this company hae got their certifikats tae."

Robert gied a bit smile at this. "Wullie, man," sez he, "yir aw wrang this time. That bill," sez he, "is aboot Mister Medley Barrett's singers, wha hiz tain the bandstan' fur concert perfor-mances durin' the simmer months."

"Oh!" sez I, "A can see it aw noo. This, then, is about the singin' fowk that A beleeve is cumin' tae the toon. Man, Rabert, A mine last simmer, whun A cum here wae the Ballybuttle Kanooderills' trip, that A heerd sum o' the best singin' A iver heerd in ma life." "Weel," sez Rabert, "if ye cum doon here tae the bandstan' the nicht, ye'll hear sum o' the best talent that England can perduce, fur A wuz speakin' tae Mister Barrett a wheen minits ago, there, an' he tells me that the company he hez this year is far owre an' abin the yin he had last year; an' A tell ye, Wullie," sez Rabert, "A thocht that last year's performers wus jist aboot as gid as cud be got. Hooiniver, A wud advise ye Mister Gunyun," sez he, "tae cum doon the nicht an' hear them fur yirsel'."

"Weel," sez I, "if the nicht's onythin' fine avaw, A maybe wull cum doon, an' bring Betty, the budy, wae me."

"The very thing," sez Rabert, "fur A'm shair the mistress'll jist be as anxious tae hear a gid sang as ye ir yersel'."

Wae that A turned tae gaun hame an' see tae it that Betty wud git her wark din early, sae that she'd git time tae tidy hersel' up a bit an' gaun wae me in the evenin' tae hear these nomad fowk singin'. A had furgotten it wuz washin' day, an' whun A steppit intae the hoose A cud hardly see the far side o' the kitchen fur the steam o' the soapsuds; an' as A cud see that Betty was busy, an' likely tae be gye'n busy fur a bit, A didnae mention onythin' aboot the singers tae her jist then. Hooiniver, whun it wus aboot half-past savin in the evenin', A say'd tae Betty, wha wuz sittin' in a big armchair a bit tired like, that if she wud pit on her shawl an' bonnet, we cud gaun doon an' hear the singin' fowk that had cum tae the toon, an' maybe the fresh air wud revive her a bit: but Betty wudnae stir, an' telt me if a maun hear the singers that A wud hae tae gaun masel'. So aff A started, an' whun A got doon tae the bandstan' A was surprised tae see the lot o' fowk that had gethered aboot the place. A pushed masel' forrit tae whaur A seen Rabert Mukilroy stanin', an' sez I, "Rabert, ye micht git me a sait, wull ye?" "Aye, feth, Wullie, A'll shin git ye a sait," sez Rabert, an' wae that Rabert grups haud o' me bae the erm an' leads me tae whaur there wuz a raw o' nice canvas easychairs. A thankit Robert fur his kindness, an' wuz jist settled doon nice an' comfortable like, whun a weel dressed, fair haired young fella cum forrit tae me, an' takin' haud o' me bae the haun, say'd he wuz rail pleased tae see me oot tae encourage the Nomads. A lukit at the young man fur a minit or twa, an' thinks I tae masel', shairly A hae seen that face sum whaur before. The man cud see richtly that A was puzzled, an' sez he, "Cum, noo, Wullie, dinnae be fur sayin' that ye hae furgotten me. Dae ye no' mine seein' me at the concert in Carradowre Skillhoose last Christmas wuz a year?" A lukit at the man again, an' studied masel', but A cud not think o' the man's name.

"Shairly," sez the man, "ye mine Hughie Macormick." "Guidness me!" sez I, "A maun be beginnin' tae doat. A hae ivery raisin tae mine ye, Mister Macormick, fur had it no' bin fur you that concert ye mention wud hae bin a complete failure. But ir ye no' gaun tae sit doon?" sez I. "Here's a sait," sez I, pointin' tae yin nixt me that wuz empty: "an' A wud like ye wud sit doon an' explain tae me – fur A'm shair ye can dae it – whut kin o' fowk these Nomads ir."

"Weel," sez he, "A think the best thing A cud dae is tae ast Mister Barrett himsel' tae cum doon frae the platform an' explain the hale metter tae ye." An' wae that Hughie gied a wheep, an' waggin' his finger tae a wee dark eviced man wae black curly hair, ast him tae cum doon fur a minit or twa.

The man wuznae lang till he wuz doon beside Mister Macormick, wha intraduced him tae me as Mister Barrett.

"Noo, Wullie," sez Hughie tae me, "cud ye say onythin' else but that that man there," pointin' tae whaur Mister Barrett wuz sittin', "is no mad"?

A'm shair ma face got rid, fur it felt warm eneuch, onywye, whun Mister Macormick say'd that. Thinks I, noo, Rabbie Muckilroy hiz bin tellin' Mister Macormick o' the mistak A made whun readin' the bill in the mornin. But aw the same A pit the metter aff by sayin' tae Mister Barrett that A wuz very gled indeed tae mak' his aquantance, as A had heerd frae Hughie since we had begood crackin' that he had din a lot o' gid fur the

Bangor fowk yin wye an' anither.

"Aye," sez Mister Macormick, "an' A'll say mair, fur there niver wuz a man cum tae Bangor that din as much for charitable purposes than yon Medley Barrett."

"Oh!" sez I. "A think A mine noo o' seein' sumthin' in the papers o' whaur a Mister Barrett got up a public fete last year, an' raised £50, an' handed it tae the Bangor Hospital Fund."

"He did indeed dae aw that," sez Hughie. "An' A'm sorry tae say that fur aw his kindness tae the Bangor fowk they dinnae jist recognise it as handsomely as they micht hae din. A dinnae mean," sez Mister Macormick, "that Mister Barrett wants ony remuneration fur whut he did dae: but," sez he, "A think the Bangor fowk shud patronise him wae better heart than they dae, an' show a wee bit o' practical appreciation o' his kindness an' thochtfulness on their behalf."

"Gentlemen," sez Mister Barrett, "ony little effort o' mine that may hae proved o' benefit tae this dear old toon o' Bangor is payment enough fur me. A did," sez he, "succeed in raisin' a small sum fur your hospital last year: but A hae a scheme laid oot by which A expect tae lift twice as much on behalf o' the same object this year."

"Dae ye mean tae tell me," sez I, "that ye ir gaun tae try an' lift £100 this time?" "Indeed A dae," sez he: "A'm no' only gaun tae try an' dae it, but A'm gaun tae dae it." "Weel, man," sez I, "A wush ye ivery success, an' ony budy that is o' that kindly turn o' mind deserves tae be encouraged an' helped in ivery wye possible. Jist tae think o' it, that yin man maks up his mine tae lift £100 in yin day, an diz it!"

"Dae ye ken whut it is, Mister Gunyun?" sez Mister Barrett, "durin' ma professional life A hae lifted £964 for hospitals, an' A hae made up ma mine, sez he, tae mak this sum £1,000, wae anither £50 tae the back o' it."

"Weel, noo," sez I, "as A say'd before, ye deserve tae be encouraged, fur whun a budy thinks o' the busy life ye lead, yin wud wunner whun ye git the time tae devise these very generous schemes."

"'Tis," sez Mister Barrett. "Sae weel ye micht say that ye wunner whun A git the time, fur A am a busy man, Mister Gunyun, an' A hae aye bin a busy man: but aw the same A hae tain the time tae lift this £964, as weel as hain composed iver 2,000 sangs an' twa pantomimes. This year A'm rinnin' three companies o' Nomads, so ye see A keep ma hauns fairly foo."

"The dear man!" sez I, turnin' tae Mister Macormick, "these fowk maun hae the busy time o't. A aye thocht playactin' fowk had naethin' avaw tae dae but tae gaun oot at nichts fur aboot twa oors. Hooiniver, A'm beginnin' tae think that a wud rether ferm ony day than gaun thro' aw Mister Barrett here says he hiz tae dae. But tell me this, Mister Barrett, dae aw your kin' o' fowk wark as hard?"

"Aye, that they dae, indeed; an' if ye can spare the time A'll git each o' them tae gie ye his an' her experience, an' A'm shair ye'll be surprised at sum o' the things that hiz happened durin' their busy lives."

"Weel," sez I, "A'll no' ast ye tae disturb them noo; but A wud like weel eneuch tae learn sumthin' o' your fowk's weys; but as the time is gittin' on, an', as A'm shair ye didnae want tae be bathered talkin' tae an auld country gimmeril like me, A'll bid ye gid nicht, an' A hope tae hear sumthin' o' yir ither fowk nixt week."

A left Mister Barrett an' Mister Macormick crackin' awa, an as A wus gaun hame A cudnae keep frae thinkin' tae be yin o' Medley Barrett's Nomad Company wuz like the "Clincher's" certificate - a guarantee o' soundness.

Editors' Note: As a founder member of the Bangor Cottage Hospital, Dr. R L Moore was an active fund-raiser, and his stories of Medley

Barretts Nomad Company paid tribute to Mr Barrett's charitable support for the hospital, that resulted in him being elected a life-governor:

Northern Whig – Wednesday 13 October 1909

BANGOR COTTAGE HOSPITAL COMMITTEE

The monthly meeting of this Committee was held in the Town Hall on Monday evening. Mr. John M'Meekan, J.P. (chairman), presided, and the other members present were – Miss Connor, Miss Bowen. Mrs. Hazley, Mrs. Gorman, Mrs. M'Connell. Mrs. Seyers, Miss H. Cross (matron); Messrs. W. J. M'Millan, C. H. Bowen (hon. treasurer), H. H. Mussen, Thomas Wilson; Thomas Matthews. J.P.; M. Shiels, J.P. Miss Connor and Miss Bowen undertook to act as lady visitors to the Hospital during the month. The Treasurer's report showed credit balance of £47–0s–11d. The monthly accounts were submitted, and passed for payment, on the motion of Mr. M'Millan, seconded by Mr. Wilson.

Mr. Medley Barrett, proprietor of Barrett's Royal Nomads, wrote nominating himself and Mrs. Absolom as life governors, in respect of the contribution of over £50 raised on behalf of the Hospital by means of outdoor fete. On the motion of Mr. Matthews, seconded Mr. Shiels, it was unanimously resolved to act on Mr. Barrett's recommendation. In connection with the new Hospital, the foundation-stone of which will probably be laid within a month, the following were appointed to act as a building committee; – Mr. M'Meekan, Miss Connor, and

Dr. Moore. On the motion of Mr. Mussen, seconded by Mr. Matthews, it was resolved that the Committee ask Miss Connor to perform the ceremony of laying the foundation-stone.

The Matron's statement showed that during the past month eleven patients had been admitted to the Hospital, nine had been discharged, and eight remained. She had lodged to the credit of the Hospital the sum of £9 10s 6d in respect of patients' fees.

Chapter 13

Wullie Gunyun's Cracks: The Story o' the Tay Perty

"Wullie," sez Betty the ither nicht tae me as A was sittin' at the fireside, "dae ye ken whut A'm thinkin' aboot?"

"Noo," sez I, "Betty, dae ye no' think that's a terrible fill question tae pit tae a buddy? A wush, woman," sez I, "ye wud git yir knittin' or sumthin' o' that sort, an' start an' dae sumthin' usefu' insteed o' sittin' there makin' conundrums. But it's jist like ye; fur ivery time," sez I, "ye see me tak up the paper, ye maun be at me aboot dae A ken this an' dae A ken that?"

"But, Wullie," sez Betty, "A hae sumthin' in ma heed that'll pleese ye whun ye hear it." "Weel," sez I, in no' the best o' tempers, "git it oot o' yir heed, thin, an' let's hear it." "A wuz jist thinkin'," sez she, "o' astin' Mister Barritt an' his Nomad folk up tae hae tay wae us – that's, if coorse, if ye hae nae objections."

"The very thing," sez 1. "An' dae ye ken whut it is, Betty, wumin, A hae bin thinkin' fur the last wheen days bak o' makin' that very proposal. But," sez I, "Dae ye think ye cud manage it? Ye maun mine that ye wull hae ten fowk tae hannil; an' ye ken richtly it'll be nae sma' metter makin' meat fur sae muny."

"O, niver mine the bother o' the meat makin'," sez Betty, "if ye cud git Mister Barritt tae alloo hiz fowk tae cum, A'm shair A'll be able tae manige."

"Weel, weel," sez I, "A'll see Hughie Macormick the nicht, an' A'll mention the metter tae him an' hear whut he thinks."

That very nicht A mentioned Betty's proposal o' the tay perty tae Mister Macormick. If ye had seen yon big, bricht laughin' face whun A telt him o' Betty's wush! "Wullie Gunyun," sez he, giein' me A slap on the bak, "ye hae A wife tae be prood o', an' A'm gled that it's country folk like yirsels that's gaun tae show yir appreciation o' Mister Barritt an' his perty tae the people o' the toon."

"Weel," sez I, "sum hoo or ither Betty hiz got the notion in her heed that thon men an' weemin ir kin o' strangers in a strange place, an' she thinks that if she cud only git aquant wae them that she micht at times be able tae gie them a bit o' mitherly advice."

"A'm shair," sez Mister Macormick, "it's mair than kine o' baith you an' the mistress tae tak sickin an interest in the singers. For my pert," sez he. "A ken richtly their wurk is no' aw beer an' skittles, as the sayin' is; an' A can tell ye, frae personil contact wae baith Mister Barritt an' his fowk, that they ir fit company fur ony society, an' nae buddy need bae ashaimed tae tak ony yin o' his troup bae the haun an' caw ither him or her 'freen'."

"That's jist it," sez I, "Betty an' me feel that thon wains is weel cum, an' fur oor pert, we want tae show them that they're no' amang strangers, but among freens. A hae aften heerd o' the quare notions that the English an' Scotch fowk hae o' the Irish; but, man, they git their een open whun they cum tae oor country. A mine hearin' an' auld Scotchman wha was on the lang car rinnin' between Donaghadee an' Ballywalter astin' whaur did the Irish fowk keep the pigs he had heard sae muckle aboot. Sez he, 'A unnerstud ye had naethin' but mud huts tae leeve in, an' that the pigs leeved wae the fowk in the huts.' But, aw the same, A think Mister Barritt's Nomads ir jist a nice, genteel kine o' fowk, an' A'm determined tae show them that A appreciate them. An' noo," sez I, "whut A wud like ye wud dae, Mister Macormick, fur me, is this – jist git at Mister Barritt an' tell him A wud like him tae consent tae let his fowk cum on Tuesday nicht at ony time they like efter savin o'clock. Ye ken," sez I, "Tuesday nicht is an aff nicht wae Mister Barritt, as the military ban' gits the use o' the gruns on that nicht, so that A'm shair Mister Barritt cud weel spare his fowk – that's if ye wud jist pit it nicely tae him."

Hooanirer, the upshot o' it wuz, Mister Macormick gied me his guarantee that he wud see tae it that they wud cum. an' telt me tae aquant Betty tae hae aw things in readiness.

Whun A got hame, an' telt Betty whut Hughie had say'd, she up an' begood the dustin' an' dichtin' at ance. "Noo, Wullie," sez she, "A want ye tae help me aw ye can."

"O," sez I, "ye ran rely on me, lass, fur onythin' A can dae: but," sez I, "A think the best thing A cud dae is tae gaun oot tae Ballybuttle an' git Wullie Kirk's dochter tae cum in tae gie ye A haun. Ye ken," sez I, "that Wullie's dochter hiz got a guid skillin' at Mister Pyper's cookery cless, an' A'm shair she unnerstans frae the books she hiz bin readin' whut kin o' things wud best bae liked bae these fowk."

Betty agreed that A shud bring in Wullie's dochter; so A got Alec M'Kie tae drive me oot, an' it wuznae lang till A had the lass at oor daur. But noo cums the tug o' war. Tuesday nicht arrived, an' here we ir, Betty an' masel', dressed in oor very best Sunday claes, an' Miss Kirk, lukin' as nice an' trig as a picture, pittin' the finishin' touches tae the big table that hiz bin laid oot wae the very best that Bangor cud produce.

At last savin o'clock cum, an' the first tae arrive wuz Mister Barritt himsel'. A intraduced him tae Betty, an', pair buddy, she lukit terrible bashfa like; an' ivery wurd Mister Barritt spauk, Betty wud mak a jig, or curtsey, whutiver ye like tae ca' it. Then cum Mister Macormick, then wee Alec Leo, an' sum time efter him cum Miss Mertin an' Miss Smert. Man, A kent Miss Smert at yince. Of coorse A had heerd her this sasin, but A mind her sae weel last year that A was mair than pleased tae welcum her tae oor hoose. Betty had tain cherge o' Miss Mertin, an' A cud hear her praisin' her up tae the skies aboot her wunnerfa voice. But A mannie furget masel', fur here cums Mister Wylie Watson alang wae Miss Dean. Whun A intraduced Miss Dean tae Betty A cud see big tears rinnin' doon Betty's cheeks. "Tae think," sez she, at the same time kissin' wee Miss Dean's cheek, "that a yung wain like you shud bae sae far awa' frae yir ain hame!" Then A heerd Miss Dean sayin' that she was accustomed tae bae awa' frae her fowk, an' that her people wuz quite satisfied, sae lang as she wus unner Mister Barritt's care. The last tae arrive was twa nice lumps o' lads that Mister Macormick telt me they ca'd Royston Rippon an' Jack Hennessy. Whun Hughie mentioned Mister Hennessy's name, thinks I tae masel', A wunner is he onythin' tae the "three star brand," an' dae ye ken whut it is, fowk, A cudnae help astin Mister Macormick if such wuz the case. But Jack hissel' shin pit me tae richts by declarin' that he didnae ken onythin' aboot whut A wuz talkin' aboot, but that Pope wuz his uncle. "The dear man," sez I, yir giely forrit, boy; an' A'm shair, whether ye're three star or no', ye ir yin o' the best brand, onywae, or else ye wudnae bae in Mister Barritt's stock."

Efter a gid bit o' jibberin' an' gittin' on as yung fowk wull whun they meet fur a nicht's amusement, A at last got the wains doon tae the big room whaur the table wuz laid. A linked in the three lasses yin bae yin, an' efter A got them placed, Betty be-good tae fix the boys in their places. An' faith, as far as A cud see it, they a' appeared tae bae paired tae their pleasement. Onywye, A cud see Miss Smert an' Mister Watson sut close eneuch tae yin another, an' fur Miss Mertin, she cudnae git a minit's peace fur Mister Royston Rippon. Hooaniver, A got sated between Miss Mertin an' Miss Dean, an' A tried ma very best tae keep yon nice wee fair-hair'd lass in crack. Sumhoo or ither A think the wain didnae unnerstaun me, fur it didnae metter whether A spauk serious or no', she aye kept on lauchin, an' yince A seen

Betty takin' a gid luk at us, as much as tae say, "Ha, ma boy, ye ir tryin' a yung yin's capers." When Mister Barritt got fixed at the yin end o' the table, Betty, wha was sittin' aside Mister Macormick at the ither, begood tae empty oot the tay, then the business started in earnest. Whut struck me as strange was, fur aw the gid things on the table, in the shape o' corn loaf an' haw breed, the maist o' the company stuck tae the hame-made soda farls that Miss Kirk had bakkit that very mornin; but naethin' wud dae Leo but the tracle breed, an' whaur thon boy pit aw the breed he tuk bates me tae say; only that A ken he cums o' respectfa fowk, A wud be inclined tae think that he pit sum o' the breed in his pokit. Whuther it wuz that Mister Barritt wanted tae tak a rise oot o' Alec or no', A cannie say, but A notished that he pied gid attention tae Alec's plate, an' kept it weel supplied. A declare tae ye it wud hae made ye lauch tae hae seen Mister Barritt's face when Leo had emptied his cup for the fifth time. Medley watched Alec till his cup wuz empty. 'Have another cup, Mister Leo,' sez he, sarcastic like. "Na," sez Alec, "A'll hae nae mair, fur A'm foo the noo." "Weel," sez Mister Barritt, "A'm gled that ye ir stuffed at last, fur A'm ashamed o' the meat ye hae lowered since ye sut doon there." "O, beg pardin, Medley; beg pardin, old chap," sez Alec, "A wuz only tryin' tae mak up fur the time A lost whun A wus stranded at Stoke an' had tae tramp it the hale road tae Liverpool, 64 mile or mair, wae naethin' bit thruppence, half a loaf, an' a black puddin' in ma pokit." "Pair cratur," sez Betty, wha iver heard whut Alec had say'd; "cud ye no' hae tain the train!'" "Oh, aye," sez Alec, "A micht hae din that, but A'm afeer'd if A had the slops wud hae tain me. As it wuz, A wuz very nearly gittin' the nick, fur that nicht, whun gittin' near Liverpool, aboot two o'clock in the mornin, efter trampin' aboot fourteen oors, A wuz near drappin fur a drink, an', seein' a hoose a wee bit alang the road side, A struggled along tae it, an', efter knockin' at the daur, A heer'd gye heavy fitsteps cumin doon the stair. Jist then A lukit up, an' abin the dour A seen the sign, "Coonty Police." That wuz eneuch, A aff tae ma heels, an' A wush ye had seen me tryin' tae dae 'The Hauf Oor in the Twunty Minits.' A'm tellin' ye A didnae let the gress grow unner ma feet, onywye."

"Cum, noo, we maun hae a sang." sez Mister Macormick. "A ken baith Mister an' Mistress Gunyun's fond o' a gid sang; so cum now, Medley, git the ball started." Mister Barritt gied a wave o' his haun, an' before ye cud say peas, Jack Hennessy an' Alec Leo had a harp an' a great big fiddle brocht intae the room. Whaur they cum frae A cudnae tell, but there they wur, an' at anither move o' Mister Barritt's haun, up steppit Miss Dean tae the harp an' Mister Watson tae the big fiddle. It wuznae lang till we had sum o' as nice music as iver A listened tae. Baith Miss Martin an' Miss Smert sung, then Mister Barritt an' Alec Leo, then we had a darlin' duet frae Miss Mertin an' Mister Rippon. Then A ast Mister Macormick fur "Drinkin'," but he say'd as he had joined the "Pals" he cudnae, but if A didnae mine he wud gie "The Jovial Monk," an' richt weel he did sing it. Mister Hennessy wuz jist then gittin' up tae gie us a recitation, whun the front daur wus burst open, an' in cum three or fower nighboor weemin. A lukit up, an' A cud see there wuz sumthin' wrang. Hooiniver, A thocht A wud try an' pit it aff by sayin' tae the weemin that they wur welcome. "We want nane o' yir welcums," sez yin o' them; "whut we want is ye tae stap the singin' at yince. Hoo dae ye think we will git the wains intae their beds whun sichin music is tae be heard aboot the daurs? Whut we want is tae let these fowk gaun hame, ir else there'll be nae peace aboot the daurs the nicht." A lukit at ma watch, an' as A seen it wus gye'n near the "wee sma' oor ayont the twal," A thocht it wus time tae be sayin gid-nicht tae Mister Barritt an' his Nomad fowk.

Chapter 14

Wullie Gunyun an' the Ludgers

A wunner, wains, if ony o' you has iver tried yir haun at hoose letting? Weel, if ye haenie, ye jist ocht tae try it, an' A'll gar ye if ye dae that ye'll git as muckle davershun oot o' the experience as'll dae ye fur a twalmont onywye.

Fur my pert, A cannie yit think whut wakeness tuk haud o' me whun A gied in tae Betty an wee Miss Kirk tae alloo thim tae pit the kerd "Compertmints Tae Let" in the wundaw avaw.

Hooiniver, they did manage tae glammer me intae it, an' A'm thinkin' noo that baith Betty an' Miss Kirk wull be a lang time afore they again gie in tae dance attendance on the kine o' fowk that cums tae Bangor an' caws thimsels the quality.

Hoo it happened wuz like this:

The nicht efter we had the Nomad fowk up at oor hoose fur tay, Betty an' me an' Miss Kirk wus sittin' at the fireside crackin' aboot things in general whun Miss Kirk say'd that she thocht we ocht tae try an' let pert o' oor hoose tae sum dacint buddy or ither fur the simmer months. She's a gye sharp wee lass thon Miss Kirk; an' A'm thinkin' that the man that gits her fur a pertner wull hae sumthin' tae divert himsel' wae. Ye'll hae tae pardin me fur trevellin' ootside ma discoorse; but onywye, the lass, whun explainin' tae us the steps tae tak tae git the rooms let didnae furget tae pit a gye rosy luck on things. "Jist gie me yir consent," sez she, "tae let the twa spare bedrooms an' the sittin' room an' A'll gar ye that A'll mak the hale year's rent fur ye in a wheen weeks."

Thinks A tae masel', shairly the lass maun hae lost her senses awtagither, ir else she's in love, ir sumthin' o' that sort, tae be makin' sickin a purposal as that, o' makin' the hale year's rent oot o' three bit rooms, whun it taks the landlord a hale twalmont tae mak the rent bae giein' us the hale hoose fur the money. Sez I, "They ir gye bruckle boys, the Bangor landlords, an' A'm shair if the chap that owns oor hoose kent it wuz possible tae dae as ye say, it wudnae be lang till he wud clap on a bit tae the rent, if fur naethin' else than jist tae show us his interest in oor weel daein'."

But at lang an' last Miss Kirk got me insensed intae hoo the thing wuz din, an' Betty kept shuvin' in a wurd here an' there; so between them they show'd me hoo a gid wheen o' the fowk in the toon cud mak a gid thing oot o' their spare hoose-room, an' the upshot o' it wuz that A left the hale thing in the hans o' the weemin.

Fur a wheen days efter A had gien ma consent the hoose wuz turned upside doon, fur the cleanin' an' dustin' an' dichtin' that thon wee lass pit in wuz owre ocht, an' hoo she stud up tae it bates me tae ken. She wud bae at it bae the skreigh o' day an' carry it on tae the wee sma' oors o' nicht.

Hooaniver, she at last got the hoose tae her pleasement; then she got a nice bit kerd an' wrote "Compertments Tae Let" on it an' laid it up on the wunda cheek.

That same nicht Mister Joan Legge – an auld freen o' mine wha had bin passin' – steppit in, an' as A notished he wuz lachin', sez I, "Joan, boy, ye ir in gye gid temper the nicht; whut's the metter. His onybudy bin layin' ye a legacy." "Na," sez he, liftin up his richt leg, "that's aboot the only leg-a-see that A'm likely tae iver hae; but as A wuz passin' ma een struck that kerd ye hae in the wunda, an' A wuz wunnerin' whut fill crature pit that rileway advertisement there."

"Is there ocht wrang aboot it?' sez I.

"Weel," sez he, "ye micht hear fowk talk o' a rileway carriage compertment, but in a hoose compertments ir caw'd apertments.'"

"O," sez I, "A see. Although yir name's Joan yir dug's name's Jack. No muckle difference exceptin' in the spellin'."

"O, niver mine." sez Joan. "Tak that kerd doon, an' A'll prent ye a nice yin wie the richt wurdin' on it."

Weel, A did as Joan ast me; an' indeed he did print me a very nice bit kerd, an' it lukit a gid dale better in the wunda than Miss Kirk's writin'. An' noo, tae git back tae the hoose lettin'. Efter the new kerd wuz pit up, ivery knock that cum'd tae the daur Miss Kirk wud bounce up an' say, "Here's somebody lukin fur the rooms at last"; or if Betty wud be at the wundaw, an' see ony strange lukin' face cumin' near the hoose, she wud rin ben the hoose tae tell Miss Kirk tae pit on her clean apern, as she wuz shair she saw fowk cumin' tae luck at the apertments. Dae ye ken wains, this kine o' thing went on fur nearly a hale week, till baith the weemin wur clean din oot wae rinnin' frae the front room tae the kitchen – an' indeed baith the craturs got intae sickin' a nervish kine o' wye that I advised them baith tae gaun an' tak' a race doon tae Donaghadee in Mr. Morrow's mortar car – weel, they did decide tae tak' this advice, an' tae lay me in charge; but afore they did gaun Betty telt me if onyane shud caw aboot the rooms while she wuz awa', that A wuz tae dae ma best an' get as muckle for the lettin' as possible. A ashaired Betty that A wud luk efter everything as if she wuz there hersel' – so wae that she seemed contented, an' awa baith Betty an' Miss Kirk went. Fur yince in ma life A wuz gled A had the hoose tae masel, for indeed, indeed, A begood tae feel that ma ain nerves wur likely tae gie wye, watchin' them twa weemin fur iver rinnin' bak an' forrit.

It wuznae lang till A got masel settled in ma ermchair bae the fireside, an fell intae a kine o' a doze. Hoo lang A had been dozin A canny tell; but whun A waukened the fire was oot, an'

A wuz jist beginnin' tae lay a new fire whun a gye sherp knock cum tae the daur – thinks I, wha in the name o' wunner can that be that's liken tae knock the daur aff its hinges?

Hooaniver, whun A apined the front daur – there staunin' wae a nice pleasant smile on her face wuz a nice wee trig fair haired lass.

"Good evenin'", sez she, "A see ye hae apertments tae let here." "Feth," sez I, "ye maun be a gye sharp-sichted lass if ye can see that, for A'm shair ye niver wur in this hoose sine we cum'd tae it, an aw oor apertments ir inside the hoose an no' ootside."

"Oh, weel," sez the lass, "whut A mean is that A see bae the caird ye hae in the wundaw that ye hae rooms tae let." A had forgot aw aboot the kerd – an' indeed as A wuznae jist whut ye wud say richt waukened efter ma doze in the chair, A hadnae richt unnerstud the lassie at furst. "Oh, aye," sez I, "A unnerstan' ye noo – it's the rooms ye'r efter – weel jist step in an' A'll let ye hae a luck at thim."

The wee budy seemed tae bae ta'en abak at this, an fur a minit ir twa she say'd naethin'. At last sez she, "Pardon me, sir, but is there no a wumin aboot the hoose?"

"Niver mine that," sez I, "A think maybe A'm as able as ony ither budy tae settle metters wae ye, if the rooms ir tae yir pleesment."

The lass didnae seem tae be satisfied avaw, an' afore she wud cum intae the hoose A had tae explain tae her hoo it wuz that baith Betty an' Miss Kirk wuz frae hame.

At last A got the cratur tae cum in; an', indeed, fur a while ma heart wuz in ma mooth fur fear she wud gaun awa, as, noo that yin o' the quality had caw'd, A wuz determined tae streck a bargin wae her if possible.

"Noo," sez I, "mem, ye micht jist gaun up the stair an' luk at the twa front bedrooms; them's the twa that Betty wants tae let, an' if they please ye maybe we'll manage tae cum tae terms oorsels."

Wains, dear, it wud hae din yir heart gid tae hae seen hoo thon wee slip o' a lass bounced up the stairs, aw the while A wuz walkin' bak an' forrit through the kitchen flair, wunnerin' whuther the wumin wud tak the rooms, an' whut A shud ast her fur them. Onywye, efter whut micht hae bin aboot a quarter o' an oor, doon cum the lass smilin' aw iver her face.

"Weel," sez I, "dae ye think the rooms'll dae?"

"Fur that," sez she, "A wunnae say till A hear whut yir luckin fur them."

"Weel, wains, A had coonted that we had the hale hoose o' savin compartments fur twunty-fower pun a year, an' as A wuz thinkin' that maybe the budy wud be wantin the twa rooms fur a month, A thocht in ma ain mine if she tuk twa rooms fur that term that A shud at ony rate ast her a just pert o' whut A pied masel'. So, bae dividin' the twunty-fower pun bae the twal cum tae the determination o' astin her twa pun. So whun she ast me hoo muckle A wud be wantin fur the rooms. A telt her A had bin thinkin o' luckin' twa pun fur them. A notished that her mooth kine o' wye drappit whun A say'd that, an' as A wuz beginnin' tae think that maybe A had pit ma fit in it – A dinnae mean that A thocht A had pit ma fit in her mooth – na, na, no that; whut A dae mean is that A thocht A had spoilt ma chances o' a let – so A tried tae explain that maybe if Betty had bin aboot the hoose that maybe she wud hae bin able tae gie her better terms.

"O," sez the lass, "A wuznae thinkin' ye wur astin' owre muckle; but ir ye shair that that is whut the mistress wants fur the apertments?"

"Listen, mem," sez I, "A'm mester here, an' whut A say is law in ma ain hoose; an' if the terms ir tae yir pleesment, jist say that the bargain's settled an' the rooms ir yours."

"A'll tak them," sez the lass, an', pittin' her haun intae her pockit, she drew oot her purse, an' tuk oot a shillin' that she gied me tae hansel the bargain.

Thinks I, ma lass, ye ken yir business.

"Noo," sez she, "cud A cum in noo?"

"Weel," sez I, "seein' ye ir in, A'm no' gaun tae pit ye oot."

"A mean," sez she, "can A bring ma things in noo?" "Jist as shin as ye like," sez I; "the shinner the better," as A wuz thinkin' tae surprise Betty an' Miss Kirk whun they cum'd hame wae the gid business A had din while they wur awa divertin' themsels.

So awa the lass went, so she say'd, tae bring her boxes, but whun she was gaun A begood tae think it quare that yin lass shud want the twa bedrooms. But A wuznae lang kept wunner-in', fur it wuznae a great time till she wuz bak, wae twa lumps o' boys carryin' the boxes, an' at her heels wuz a big lump o' an auld wumin wae nae less than savin wains haddin' on bae her skirts. In they aw cum'd, an' up the stairs they went, an' sickin a rumpus them wains made gaun up the stairs very near brocht doon the kitchen ceilin'.

Whun A seen the wains my heart jumpit tae ma mooth, fur A mined that Betty jist cudnae bear the sicht o' wains aboot the daurs, let alane in the hoose, so, freens, ye may think, an' richtly sae, that A had laid masel' oot fur a bit o' bother whun Betty cum'd hame.

Hooiniver, A tried tae mak the best o' a bad bargain, an' kept as pleesint like as A cud, till the auld wumin an' the young yin cum intae the kitchen. She intradooced the auld yin tae me as her auntie frae Brigton Cross, Glescaw, an' that she wuz a weedaw, an' had a heavy cherge in tryin' tae dae her best fur the savin bairns. A begood tae think, tae, that A had a heavy cherge tae meet whun Betty wud arrive. An', jist as A wuz thinkin' this wye, wha shud step intae the kitchen but Betty hersel'. "This is ma guidwife," sez I, turnin' tae the big wummin an' pointin tae Betty. So A telt Betty A had let the rooms, an' that A thocht she wud like the ludgers, as they lukit very nice.

"A'm gled tae hear that, Wullie," sez Betty, takin' aff her bonnet. Jist then there wuz the terriblist crash o' sumthin' fawin' up stairs, an' the maist unmercifa yell oot o' the savin weel train'd throats. The fat auld Scotch wumin flew oot o the kitchen an' up the stairs, makin' a noise like an elephant lukin' fur its breakfast.

"Whut in the name o' aw that's gid, Wullie, is that A hear?" sez Betty.

"Niver mine, dear," sez I, soothin' like; "it maun be yin o' the wummin's wains that hez fell oot o' the bed, ir sumthin' o' that sort."

"Yin o' the wains!" skreighed Betty, "wains in ma hoose, in ma best bedrooms, tae! Did ye say wains, Wullie; did ye say wains?" An' as she yelled oot this there was a bigger bump than afore; indeed, A thocht the hoose wuz bein' poo'd doon aboot oor lugs. Miss Kirk wuz jist cumin' in at the time wae a bunnel o' grawceries that Betty had telt her tae git whun she got aff the mortar car at the fit o' the street. These she drappit on the flair, an' dashed up the stairs like a hunted rat. Betty fainted, an' A jist got haud o' her afore she fell; an' there A wuz, haudin' on tae Betty, an' the wains upstairs yellin' as if the place wuz on fire, an' Miss Kirk an' the fair-haired lass scowlin' at yin anither, an' aw this rumpus mixed up wae sum o' the bigger wains yellin at the tap o' their voices, "Maw, throw me a bit piece o' breed an' geely." An' me roarin' out tae Miss Kirk fur gidness sake tae rin fur Doctor Pope, as Betty wuz deein'.

The nighboors begood tae gether in, an' it tuk some time tae git things quaitened doon. Hooiniver, we did manage, but no' afore that Miss Kirk, wae the help o' the fowk nixt daur, had got the hale getherin' oot intae the street wae aw their bunnels an' boxes. Whun A got time tae luk aboot me, A went up stairs, an' whun A lukit intae the rooms whaur the wains had bin, indeed A did think that the hoose had bin in an earthquake or sumthin' o that sort.

Chapter 15

Wullie Gunyun an' the Speakin' Doll

Weel, wains, A'm an auld man drawin' close on fower score, an A hae seen some o' as quare things as maist fowk o' ma years, but A think the experience A had at the fit o' the street the ither nicht bait ocht that iver A hae had tae gaun through before.

Tae think o' it. A wudin doll talkin' an' argyin' like a human bein' – its far waur than ony blak-ert in ledger-de-main, or on-ything o' that sort that A hae iver heerd tell o'. A mine richtly o' ma grannie tellin' me whun A was a lump o' a boy, o' hoo a femily that she kent cud dae sum uncannie things bae the help o' the deil's ert as she caw'd it; an' A hae richt gid mine at this very minit o' a story she wuz gye fand o' tellin, about a man wha leev'd no mony miles frae this very toon, as tae hoo yin time he had got fower pigs kilt an' hung up tae bae ready fur next mornin's market at Newtown, an' that whun yin o' the servant boys went oot atween three an' fower in the mornin' tae help tae pit the pigs in the kert – as shin as they wur cut doon an' laid on the grun, the hale fower pigs up tae thir legs an' begood tae rin aboot the yerd, howkin' an' tearin' aw before them; but my certes, thon doll hez gaun yin better, fur tae aw appearances the thing can talk an' discoorse jist like a human.

A wuz gaun alang bae the quay front the ither efternin, whun ma een lichted on a crood o' wains gether'd roon a lump o' a chap sittin' on a heigh pletform: on his knee he had the comicest lukin wee fella that iver A clappit ma een on.

The wain wus dressed up in sailor's claes an' wus lukin about him an' cockin' his heed at ivery lass that passed.

He let naebody gaun bye withoot makin' sum remark or ither that was shair tae mak the wains laugh an cheer.

Noo, A maun gie in that A am o' an inqueesitive turn, so, seein' the crood A maun poke in ma nose. Weel, A went forrit, an' wha shud A rin up agin but auld Tammy Dickson.

Tammy is a man that A aye hae had a great respect fur; an richt weel A mine o sum queer things that Tammy an' me hae din whun we wur boys.

Weel, as A wuz sayin', A met Tammy Dickson, an', giein' him a bit jog wae ma stick, Tammy turned on me no very pleased lukin, an' sez he, "Hang an dang, sur, whut dae ye mean pokin yir stick intae ma ribs that wye? Bae the luk o' ye," sez he, "yir an auld country peat-cadger ir sumthin' o' that sort, but A'll hae ye unnerstan' that A'll no let ye stan' there an' jab yir stick intae me as if A wur yir auld cuddy."

A begood tae feel a bit feer'd wyes, as A had richt gid mine o' yince passin' through Tammy's hans, an' gettin' as gid a lickin as iver A got in ma life – fur breakin' an egg in a bird's nest that he show'd me.

Thinks A, the man disnae ken me, so A thocht A had better mak ma peace wae him, ir maybe he'll be efter hittin me a skite on the side o' the heed. So sez I, "Is it possible that Tammy Dickson disnae ken his auld acquantance, Wullie Gunyun?" A wish ye had seen Tam then. He capered aboot fur a bit like a yung calve on a tether gettin' oot tae the grass fur the first time – sput on his haun an takin' haud o' mine, gied ma fingers sickin' a squeeze that railly A cud not help yellin' oot.

A think the roar A gied maun hae reached the ears o' the boy sittin' on the man's knee, fur aw o' a sudden he set up the maist unmercifu' yell, an' kept cryin' oot, "Luk, Valroy, luk at them twa auld fill men gaun tae fecht! Luk at the fella wae the lum hat an chackit waist-coat tryin' tae hide frae the auld yin wae the cap on his heed! Oh, jist luk, Valroy! Hoo nice Mister Hayseed an' Mister Shellback ir. Wha dae ye think they ir Valroy? Ir they the Siamese twuns, think ye, Valroy? Oh, my, whut a pretty pair of darlins they ir, jist tae think o' it – twa kids oot fur the day, an no satisfied wae thir ootins, but maun hae it oot o' yin anither's hides!"

Whun the boy say'd this A notished Tam Dickson's face got gye an' rid, an' turnin' tae me. "Is it us that brat of a boy's yellin at?" sez he. A wuz feelin' a bit angry like masel at the boy's imperence, so A telt Tommy that it wuz jist us indeed that the boy was miscawin'.

"Hang an dang," sez Tammy, "if A thocht fur a minit that he wud daur try ony capers wie ether you ir me, A wud gie him a whustle on the lug wae ma stick." An speakin' tae the man that was hauddin the boy on his knee, "Listen, sonny boy," sez he, "if that boy wus a wain o' mine A wud tak doon his trousirs an' warm him weel fnr dawrin tae mak sport wae ony auld body: an' A'm gaun tae gie ye a bit o' advice. If ye hae ony respect fur the wain avaw, tak him awa hame, an' keep him there till he learns tae respect his betters." But, feth, the boy niver got bad till then, an' turnin' thon wee rid nose up tae the man that had him on his knee, he let up a roar o' a laugh that micht hae bin heerd at the Hames o' Rest; an' sez he, "Oh, Valroy, Valroy, did A iver think it wud cum tae this. Jist think o' it, Valroy – that the wurl-famed 'Sailor Tam' hiz tae bae taen hame an' skelpit like a wain fur sookin' its thoom. It's no half bad, Valroy, it's no half bad. An' mine, Valroy, ye hae tae dae this aw bae yersel – an' rin the risk o' yir life jist tae please thim twa soor-faced auld yaw-hoos."

Whun A heerd the boy sayin' this, A cudnae keep ma temper doon, although aw the while A had bin tryin' tae git Tammy

Dickson tae cum awa, so A pushed ma wye forrit tae the middle o' the crood, an' sez I, "Listen tae me, sur, A tak ye tae be that imperent boy's daddy." A hadnae richt got the words oot, whun the boy gaed me a luk licken tae scunner me. Sez he, "Dae ye ken whut yir talkin' aboot, auld turnip tap? Dae ye no ken that the boy is faither tae the man? Tak that intae yir auld knowledge box, an' see whut ye kin mak on it." Thinks A tae masel', A'll let Tammy hae the dailins wie this kerecter; so A steppit bak tae whaur A had left Tam, but no yin bit on me cud find him. Jist then a mortar car passed by, an' as it gied a hoot or twa tae get the fowk tae tak their side so that it cud get bye, whut dae ye think the imperent brat o' a boy diz, bit pucker up his mooth, an' begin tae Toot! Toot! like the mortar horn, an' makin' fun o' the fowk in the car. A had jist turned on ma stride tae speak back tae the boy fur his behaviour, whun A notished Tammy Dickson strugglin' forrit tae the centre o' the fowk, withoot cap ir coat, an' makin' his erms flee in aw directions. "Gidness me, fowk," A yelled, "stap that man, ir he'll kill the boy, as shair as daith he wull."

"Git haud on him an' haud him ticht, for A can ashair ye fowk, if Tammy Dickson hits that wee fella, he'll niver gie anither kick."

But whut dae ye think wains, aw Tammy's yellin tae get at the boy, an' aw ma bluster had nae mair effect on thon brazen faced boy than if A had sput intae the harbour. Things begood tae bae bad lukin, an' A cud hear sum o' the fowk yellin' "Police," whun A notished the harbour master cumin' forrit wie twa constables – noo. thinks I, there's gaun tae bae bad work, whun in steps Mister Howard, an', gaun up tae whaur Tammy wuz caperin' an' yelling, sez he in a gye commandin' kine o' a voice, "Whut's the meanin' o' this uproar, Dickson?" Jist then a strange gentlemanlv-lukin' fella steppit up, an' says he, "Constable, A think it all arose oot o' a misunderstannin'. A'm shair," sez the gentleman, pointin' tae Tam an' me, "nayther on them men luk quarrelsome like, but A'm afeer'd Mister Valroy hiz jist carried on his 'ventriloquir jokes' too far on these twa respectable-luckin auld men. Bit, efter aw," sez he, "it wuz aw innocent humour, an' perhaps if either of the twa men kent that the 'Blue Boy,' as they caw'd it, wuz a wuddin' doll, it micht change the aspect o' metters." "Whut's that A hear?" ses A, "A wuddin doll? Dae ye mean tae tell me that brat o' a boy there that hiz bin giein sae muckle imperence fur the bak end o' the last oor is a wuddin doll?"

The gentleman ashaired me that sich wuz the case. "Dae ye, as a man," sez I, "mean tae tell me that a wuddin doll cud speak as that fella his bin daein; an dae ye, in aw seriousness, sur, want me tae believe that Wullie Gunyun an' Tammy Dicksin hiz had tae staun a tongue threshin' frae a wuddin doll fur best pert o' the last forty minits."

"A jist dae mean tae tell ye that," sez the gentleman. "Weel, noo," sez I, "A'm fair struck! But diz Tammy Dicksin ken it's a wuddin doll?" sez I. "No a bit o' it," sez the policeman. "Tam, like yersel', hiz bin a bit tain in by Mister Valroy's pranks. Bit efter aw," sez the constable, "wha cud be engry wie Valory? His humour is o' the very best, an' as a rule his patter cud bae listened tae bae the greatest lady o' the land: but yince in a while he cums oot o' his shell, an' gies the public a bit o' fun at sumbody's expense."

"Weel," sez I, "A'm thankfa that Tammy Dickson didnae git at the boy wae his stick, fur noo that A unnerstan' things A jist think Mister Valroy an' his wee wuddin doll is the source o' mony an hour's innocent amusement for the wains o' the toon, although he hiz bin hard on Tammy Dicksin an' Wullie Gunyun."

Chapter 16

Wullie Gunyun Gangs tae Copley's Theatre

There hiz bin sum terrible mishaps that hiz tain place since the last time A had the pleesure o' tellin' ye o' the things A see an' hear in ma ram'lins roon the toon; but A think, wains, the yin that maist tain up the fowks' attention wuz that terrible tragic daith o' pair Melville Waddell.

A kent him richtly – aye, an' A kent his daddy afore him, an' this much A can an' wull say: that twa dacenter men niver tramped the streets o' Bangor.

Pair Melville! He wuz the heart o' corn. Ony time he cud git a spare minit – an' that wuznae aften – he wud be on the lukoot aboot the daurs tae see whut gid turn he cud dae fur ony o' the nighboors; an' muny a time A hae seen him at nicht, lang efter ten, cumin' awa' frae helpin' sum o' hiz pair aquantance. Hooiniver, it's an auld sayin', an' a true yin, that "Gid deeds leeve efter ye." It's only noo that Melville's gid qualities ir beginnin' tae bae spaukin' o'. An' these gid qualities is bearin' fruit – as his dear wife an' wains'll fin' oot tae their comfort. In aw quarters ye hear o' meetins bin held tae organise collections on behalf o' the widow an' orphans: an' amang them Mistress Copley hisna bin behinhaun.

A wuz sittin' at the fireside the nicht efter the sad affair, crackin' tae Betty, whun a knock cum'd tae the daur. A geed up tae see whut wuz the metter. Whun A apined the daur, a nice lump o' a boy, wae a rid heed an' a nice, kinely smile on his face, poked his haun forrit wae sum kerds in it, an' ast me if A wud buy a ticket fur Mistress Waddill's benefit. Seein' A em a country budy, A wuznae richt shair whut the boy wantit; but he wuznae lang explainin' that he wuz frae Copley's Theatre, an' that Mistress Copley had arranged tae gie a performance fur the benefit o' Mistress Waddill an' her wains. The upshot o' it wuz, A bocht tickets fur Betty, masel', an' Miss Kirk.

Noo, A kent that Betty, like masel', had niver bin in a playhoose in her life, an' A kent, tae, that she had a gye strong opeenyun o' sichin places, as maist country fowk hae; an' noo that A had the tickets a wuznae richt shair whut use A wuz gaun tae pit them tae.

Hooaniver, whun the boy went awn' frae the daur, an' A had cum bak tae the kitchen, A wuznae lang saited till Betty wantit tae ken wha it wuz that had bin cawin' at that time o' nicht. A pit her aff as best A cud bae tellin' her that a boy had bin knockin' at the daur. A notished she lowered her heed an' gied me a quare kine o' a luk iver her specks; an' efter a minit, sez she: "A suppose that's sum o' yir auld cronies wantin' ye oot the nicht again?" A wuz at a kine o' loss as tae hoo tae answer her, so A thocht it best jist tae keep ma mooth shut. But Betty wuznae gaun tae let it drap like that; so she begood in earnest, an' fur a wheen minits A got as gid a tongue threshin' as ony man iver had in aw hiz life. At last, whun A railly cud not stan' her ony langer, A thocht, if A wuz tae hae peace, A maun tell her a' the truth o' whut A had bin daein' at the daur. So A pit ma haun in ma trousir pokit, an' poo'd oot the three tickets. "There, noo," sez I, pittin' the tickets in her lap, "there's the cause o' aw this tongue threshin' that ye hae bin geein' me. Is there ony herm in whut A hae din? An' dae ye think noo that ye hae had ony raisin fur lettin' yir tongue ridin' iver yir better judgment?"

Betty tuk haud o' the three bits o' cairdbaird, an' efter takin' aff her specs an' giein' them a bit rub wae her apern, begood tae study whut wuz on the tickets. A cud hear her twa ir three times spellin' the wurd "Copley," an' then the wurd "Theatre," but it wuz a' nae use: the cratur jist cud not mak' oot whut the spellin wuz. Jist then in steppit Miss Kirk, so Betty begood spellin' iver tae her, an' then ast her whut they meant.

"Oh," sez Miss Kirk, "that's fur Copley's Theatre." My, wains, ye shud hae seen Betty's face then. Her nose got as sherp an' as thin-lukin' as the tong o' a graipe, an' her mooth pucker'd up till her chin nearly touched her nose, an' lukin' me strecht in the face, "So it his cum tae this, hiz it?" sez she. A lukit at the cratur an' felt ashamed o' masel' fur haein' tried tae hide the tickets; but aw the same A cud not, try as A micht, feel that A had din onything wrang in buyin' them tickets. A telt her that, an' as A felt A had din an act o' charity, there wuz nae raisin why A shud hae ony qualms aboot the metter avaw. This seemed tae soothe Betty a bit, an' turnin' tae me again, sez she: "Shairly, ye'll no' be fur gaun tae the playhoose?"

"Whut fur no'?" sez I, "A em, indeed; an' so ir ye gaun wae me, if fur nae ither raisin than jist tae show Mistress Copley that we appreciate her kindness in pittin' forth a helpin' haun tae the weedow an' orphans in their time o' need."

A neednae tak' up yir time, wains, in tellin' ye o' the fixin' an' dressin' that Miss Kirk had wae Betty tae mak' her trig an' nice on the nicht o' the Benefit. Indeed, indeed, A cud hardly beleeve ma ain een whun she cum oot o' the room intae the kitchen. She gien hersel' twa ir three birls that made her dress swush roon the kitchen flair, an' takin' me bae the erm, begood caperin' aboot like a yung yin. Onywye, Miss Kirk got us baith oot, sayin' that she wud follow us. When we got doon as far as the theatre, the daur wuz apin, so we jist waukit forrit tae the yin A notished, a nice, pleesint-lukin' woman, stannin' at the side.

"Good evenin', people." sez the woman tae us as we went

forrit. "I am glad tae see such old fowk as you ir comin' tae help in this cheritable object."

"Thank ye kinely, mem," sez I. "Wud ye bae sae kine as tae place us in saits near the front? Betty, here," sez I, "is no gid at the see'in' an' unless she's giely forrit she'll no see onythin' avaw."

"Cum along wae me, my good people," sez the woman, "an' A'll see if A cannie git ye fixed tae yir pleasement." It wuznae lang till we wur fixed in the first raw o' saits, an' we wur hardly settled till the ban' begood playin' the nicest music that iver soothed the keenest ear. Aw the while the music wuz play-in' Betty wus glowerin' roon her like a canary in a new cage. "Wullie," sez she, "A niver did think whun lukin' at this place frae the ootside that it wuz sae nice as it is. Shairly," sez she, "it costs a lot tae keep sichin a place goin'." "A'm shair it's no' din on naethin', onywye," sez I. An' jist as A say'd, wha shud cum an sit aside Betty but the lady wha had tain oor tickets at the daur, an' apologising, as she say'd, fur introodin', she ast me if A wud mine if she explained things tae the mistress an' me. "A'm the owner o' this show," sez she. "Copley's my name; an' A can see that you old fowk are rether strangers tae this kine o' a place. So A hae made free tae thrust ma company on ye, an' will endeavour tae mak' ye baith as comfortable as possible whilst in my cherge."

A thankit the lady at yince fur her kindly interest in us, an' lukin' roon me, sez 1, "Mem, there's a big crood o' fowk in this place the nicht." "Yes," sez she; "A'm gled tae see it, fur, as ye nae doot ir aware, sur, the mair cums tae the play the nicht the mair money we'll hae tae haun iver tae the weedow an' wains o' the pair fellow who wus killed."

Jist then a bell begood tae ring, an' up rowled thon beautifully painted curtain, an' there before oor een wus a fermyerd an' a nice bit hoose, the very identical o' the place that had sae lang bin oor ain hame at Ballybuttle. Indeed, Betty geed a skreigh whun she first seen it. Mistress Copley ast if the lady wuz tain ill; but Betty ashaired her she wuz weel eneuch, but that she had bin struck wae the likeness o' the scene in front o' her tae their auld hame in the country. Pair Betty! She geed a seigh, an' whun she saw the bonnie lass churnin' an' makin' butter the big tears begood rowlin' doon the auld budy's cheeks. Mistress Copley notished this, an' placin' a kinely haun on Betty's shouther, "My dear," sez she, "dry up yir tears; ye maun unnerstan' that iverythin' that is presented before ye the nicht is only playactin'. Nae doot sum o' the perts may luk very real, but that is the perfection of our art; an' A tak credit in tryin' tae have all my characters as near perfection as possible."

"Whut is the name o' the piece?" sez. I. "It's caw'd 'My Sweetheart' – the usual old story of twa men wantin' the same woman."

"My gidness, mem," sez I, "whut's wrang wae that pair fella wae the blid rinnin' doon his face? Oh, dear, Betty, jist tae think o' it! The lady here sez that the wounded man hez bin in a rileway accident, caused by his rival, wha tried tae upset the train bae which the pair fella wuz trevillin wae. Noo, luk at that rascal wae the black moustache threatenin' the pair wounded chap's wife! A cannie stan' this ony langer." An wae that A gits up tae ma feet, an' A miscaws the man fur aw the dirty villans iver wuz. The fowk at the bak begood tae yell "Pit him oot!" an' Betty wuz roarin' like a wain. So A turn'd roon an' telt the chaps that wuz yellin' that they wur nae men avaw, ir else they wudnae sit there like dummies an' see a pair lass miscaw'd by a blackguard. But they jist laughed in ma face. So Mistress Copley tuk me in haun, an' explained again that it was aw actin'. Efter that A got intae the hang o' things, an' enjoyed masel' as weel as ony yin A seen in the show. Efter a time Mistress Copley begood taukin' tae me aboot the collections that wus bein' tain up fur Mistress Waddill, an' sez she: "Ye ken, sur, this collection is awtagither gaun tae bae local." "Oh! A beg pardin, mem," sez I: "indeed, it'll no' be onythin' o' the sort, fur we ir determined that the collections 'll jist be tain up amang oorsels." "Well, my dear old friend," sez she, "that's jist whut I have say'd: an' if the Bangor people only rise tae the occasion, I'll dae my pert. I have raised the maist o' seventeen pun the nicht on behalf o' the fund, an' if ony mair money is needed efter the general collection is made, jist let me ken, an' A'll gie a helpin' haun."

A tuk Mistress Copley bae the haun, an' ma heart wuz sae foo, tae think that a strange woman like Mistress Copley wuz takin sickin an interest in the grandwains o' my auld frien' Wullie Waddell, that A cud hardly speak; but sumhoo A got oot these words: "Faith, Hope, and Charity: the greatest of these is Charity."

Chapter 17

The Ketch-My-Pawls "Graund" Dale

A say, wains, hae ye heerd the news? Weel, if ye hinnae, it's no fur want o' tongue waggin'. A'm shair there's no a wumin ir wain in Bangor the day but hae din their bit in talkin' aboot the Ketch-ma-Pawls hain bocht the Grand Hotel. Did iver onybudy hear onything like it ootside Conlig? Aye, it's bocht, lock, stock, an' barrel, an' pied fur intae the bargain. A'm tellin' ye fowk, the Bangor boys ir determined "tae see this thing thro'," an' A'm thinkin', tae, that they're gaun the richt wye aboot it. Whun A wus furst made aquant wae their "Grand" dale, A wuz doonricht thunner-struck: indeed, indeed A wuz, an' nae wunner.

A'm shair A'm no' gaun ootside ma ableegation if A dae tell ye o' hoo the thing wuz brocht aboot. As far as A see, iverybudy, as A say'd afore, kens aw aboot it: therefore it cannie be say'd that it wus me that furst let the kat oot o' the bag.

A wheen nichts ago a lump o' a boy chappit at oor daur an' telt Betty that Mister Gunyun wuz tae gaun at yince tae the "Gid Templars' Haw."

Betty cum bak tae the kitchen in, as A cud very weel see, no' the best o' tempers, an' gien a heavy kine o' a seigh, luks at me wae a maist peetifa' luk, an' says, "Wullie Gunyun, wull ye tell me whun is this gaun oot at nichts gaun tae stop? Nicht efter nicht yir oot, niver a nicht in yir ain hoose. A'll hae ye unnerstan," sez she, "A'm determined on it that A'll no' pit up wae it muckle langer. Indeed A hae a gid mine," sez she, "tae lay the hoose this minit, an' niver darkin its daur again." Efter she say'd this A lukit at her, an' sez I, "Noo, Betty, hae ye din?" The cratur gied her nose a rub wae her hanky, an' pittin' her haun tennerly on ma erm, "Wullie," sez she, "cud ye no' stap mair aboot the daurs these nichts? Ye ken, dear, A'm maist a stranger in Bangor, an' whun ye lay me at nichts in the hoose aw bae masel' it maks the time gye'n lang gaun roon." A think efter she say'd this A wad hae stappit, but that the boy say'd that the metter wus very important. Hooiniver, whun A telt Betty whaur the boy had cum frae the buddy seem'd mair content, an' tain her sate again at the fireside. "O, weel, A suppose ye maun gaun," sez she. "It's fur sum gid raisin that ye ir sent fur; but dae, Wullie, dear, cum hame as shin as ye can." A promised this, an' gittin' ma hat an' stick, oot A went an' made ma wye tae the Gid Templars' Haw.

Whun A got there, the young chap at the daur telt me A wus wantit in the wee room. A pushed ma wye tae the place the boy pointed oot, an' gaun in, wuz greeted wae cheers frae the fowk gethered roon the table. Twa ir three o' them got up tae gie me a sate, an' efter A got a bit settled A lukit roon, an' shin spotted oot ma auld frien' James Brice at the heed o' the table, wee Tammy Gray on yin side o' him, an' a big, fine-lukin chap caw'd Irving on the ither, forbye a wheen ither fowk sittin' roon the room. A wuznae lang sated till Mister Brice got up tae his feet, an' says he: "Brither Pawls, A'm gaun tae mak a statement, an' yin A feel shair wull be received this nicht as a great conquest on behalf o' the ketch-ma-Pawl movement in Bangor. Fur a while bak this great organisation his bin makin' itself felt amang the fowk o' our land, an' the fruit o' its labours hiz begood tae tak shape. We hae, brethren, as ye weel know, approached the legislators o' oor country tae help in this great temperance movement; but, as ye aw ken, we hae had very little encouragement. Indeed," sez he, "we hae gotten, sae far, sae little encouragement that we ir determined tae tak the metter o' temperance reform entirely intae oor ain hauns. An' yin o' the wyes by which we ir determined 'tae see this thing thro,' is by makin' the very bold attempt tae buy up ivery public-hoose, hotel, an' ither place whaur intoxicatin' drink is sold. Tae show ye that we ir in earnest in the metter, A'm gaun tae tell ye the nicht that a start hiz bin made in our ain toon here. The Grand Hotel his changed hauns, an' is noo the property o' the Katch-ma-Pawls, an' A want ivery man belangin' tae oor ludge in Bangor tae tak a share in this splendid speculation; but afore A wud ast a man is this room tae pit yin penny intae the concern, A wud suggest that the Grand shud be visited. A see," sez he, "there's gaun tae be an auction sale o' the furniture o' the place in the early pert o' the incomin' week, an' A think it wud be a very gid chance tae gaun doon an' see it fur yirsels afore pittin yir money intae this dale."

Whun Mister Brice stappit, auld Jimmy Allin, wha wuz sittin nixt me, gies me a dunch wae his elbow, an' pittin his mooth tae ma lug, whuspers, "A'm pittin' twenty pun in masel. Onythin' Brither Brice hiz a haun in is safe," sez he. A didnae say ocht, but afore lang Jimmy gies me anither dunch, an' sez he, "Ir ye no' fur hain a throw yirsel, Mister Gunyun?" "Weel," sez I, turnin' tae Jimmy, "A'm no' shair yit. A wud like afore daein' onythin' in the metter, tae consult Betty; an' forbye, A didnae believe in buyin' a pig in a poke. A wud like tae see the place fur masel': an' A think, afore A pit ony o' ma money intae this dale, A'll jist dae as Mister Brice suggests. A'll gaun doon the day o' the kant an see the place." "Yir gaun tae loss the chance o' a lifetime," sez Jimmy. "Jist think, man; whaur cud the Bangor Council git a better place for their baths? A hae," sez he, "bin thro' the place masel', an' as far as A cud see, a better place cudnae bae got in Bangor: an' it'll no' bae lang till the Cooncil fins that oot. Then they'll bae cumin' forrit an' offerin' twa times the money that we ir gien fur it. Jist think o' it, Wullie," sez he: "fur ivery pun ye pit in, twa pun wull be cumin' bak tae ye." "Weel, weel, Jimmy, A'll gaun awa' hame noo, as A ashaired Betty A wudnae stap lang. A'll sleep on it, an' maybe efter a nicht's rest A micht see ma wye tae pit a wheen shillin' intae this grand dale, as it's cawd."

Wae that A got tae ma feet, an' gaun oot, wuz makin' ma wye hamewards. A hadnae got far till A wuz ivertain bae Tammy Gray. "Whut dae ye think o' this move we hae made, Wullie?" sez Tammy. "Weel, Mister Gray," sez I, "A wud rether no' gie an opeenyun at the minit. It's a big jab this ye hae tain, an' A'm shair A wush it ivery success; but if yir dependin' on gittin' yir hauns rid by the Bangor Cooncil buyin' the place tae mak baths in, A'm afeer'd yir leanin' on a braukin stick."

"Wha say'd that we bocht it fur the Cooncil?" sez Tammy.

"Weel," sez I, "Jimmy Allin hiz got a notion o' sumthin' o' that sort in his heed." "It's aw nonsense," sez Mister Gray. "It's oor notion tae mak it a furst-class temperance hotel, an' tae pit the management o' it intae the hauns o' a man ye ken richtly – a man belangin' tae the toon here – an' a man that, A gar ye, 'll mak it pay." "Weel, A hope sae," sez I, "if fur nae ither raisin than that Jimmy hiz pittin his money in it."

"There's nae fear," sez Tammy. "The men that ir at the bottom o' this ir a gye hard-heeded, sherp business lot o' boys, an' A fur yin am no' a bit vexed that A hae tain a gid muny shares masel'."

Bae this time A had arrived at ma ain daur an' biddin' Mister Gray gid-nicht, went in. Betty was sittin' in her chair bae the fireside, an' whun A got masel' sated at the ither side o' the hab, A begood an' telt her aw that had tain place; but whun A mentioned aboot pittin sum money intae the dale, she made a kine o' shift in her chair, an' gien a bit cough like tae clear her throat, sez she, "Wullie Ganyun, ye hae spaukin' an' ye hae ast ma advice, bit afore A gie it, A wud like tae ast ye, am A tae unnerstan that the Pawls ir buyin' that place tae sell whusky?"

"Na, na, wumin," sez I; "nae sichin a thing. The leeshuns'll be din awa' wae, an' the 'Pawls' ir gaun tae fit it up as a temperance place." "That bein' the wye o' it," sez Betty, "A dinnae see ye cud dae better than tae pit a wheen pun intae it. Bit A wud say again that ye wud dae weel tae gaun doon the morin's morn an' hae a luk at the place yirsel' afore daein' onythin' rash."

The upshot o' it wuz, whun Monday mornin' cum A did gaun doon, an' whun A got as far as the Grand, there stannin' at the front daur wuz Jimmy Allen, Mister Irving, an' a wheen ither boys A had seen at the meetin' that A spauk o'. "A suppose yir fur gaun in," sez Jimmy, cumin' forrit. "Weel," sez I, "A think A wull gaun in an' hae a luk roon;" an' steppin' up, wuz pushin' in, whun a stoot bit o' a rid faced man, rigged oot like a maleeshe man, steppit forrit, an' pittin' a book in ma haun, ast me fur saxpence.

"What am A tae gie ye saxpence fur?" sez I. "Fur the 'In-fantory,'" sez the man. "An' what shud A gie sixpence tae the infantry, ir ony ither sodger budy, fur? A'm a peaceable budy masel'," sez I, "an' A dinnae beleeve in keepin' up a lot o' chaps like you, wha dae little else but smoke cigarettes." "Weel," sez the man, "ye'll no' git in here till ye pay yir saxpence." Jimmy Allen had jist then cum forrit, an' hearin' whut the man say'd, "this is a gye carry on," sez he, "that fowk cannie git in tae see their ain property." The man, hearin' whut Jimmy had aay'd, lukit bak, an' sez he, "A beg yir pardin, gentlemen. Hae ye bocht onythin'?" "Bocht onythin'? sez Jimmy, "Bocht onythin'! Jist listen tae him, Wullie; an' gaun forrit an' pittin' his haun" on the man's shooder, "dae ye no ken," sez he, "that we hae bocht the place?"

Chapter 18

Wullie Gunyun Proposed fur the Toon Cooncil

Wains, dear, hoo the time diz gaun roon! Here we ir again on the brink o' anither Christmas. An' whuttan thochts ir brocht tae yin's mine at this festive time! Fur my pert, A hae richt gid raisin tae mine Christmas; fur wuz it no' at a Christmas dance in Tammy Keag's barn that A furst met Betty? There she was, pink an' rosy, lauchin aw iver her face, an' her een liken tae jump oot o' her heed? Aye, richt weel A mine that nicht. A wuz pertly a stranger in the Ballybuttle district at the time; but had got the name o' bein' a gid dancer. A got a kerd tae gaun tae the dance in Tammy's barn. A dinnae ken hoo it wuz, bit as shin as A pit ma fit intae the barn ma een drappit on Betty sittin' bae hersel' in the corner. It wuznae lang till A wuz bae her side, an' crackin' awa tae her as if A had kent her aw the days o' ma life. A wuz shin spotted bae Wullie Rabb, wha wuz Mester o' Ceremonies, an' cumin' iver tae whaur A wuz, sez he, "Wullie, boy, A'm richt gled tae see ye in sickin gid company. Yir jist the very pair, you an' Betty, here, that A want tae see gettin' aquant, as A'll want ye baith tae show sum o' the younger yins hoo tae dae a rale Irish jig." Weel, it wuznae lang efter till A challenged Betty; an', wains, it wud hae din yir heart gid tae hae seen hoo she loupit tae the flair, an clappin' her hans, cried on me tae cum on an' she wud show me that the lasses o' Ballybuttle cud haud their ain.

The auld blin' fiddler, hearing' Betty's challenge, kent richly what wuz on the bairds, an' begood scrapin' awa fur aw he wuz worth at the "Irish Wesherwumin."

A'm shair we wur on the flair fur hauf an 'oor an' mair, whun the auld fiddler fell aff his sate, clean din out. A wuznae sorrie, A can tell ye, an' takin' Betty's erm, tuk her oot tae cool; an' heth, afore A brocht her bak, Betty had consented tae bae Mistress Gunyun. But whut in the warl' hiz aw this got tae dae wae the metter in haun? Whut A want tae tell ye aboot this week is the veesit A had last Seterday nicht frae the Bangor Ratepyers Association. Betty an' me had jist sut doon tae a drop o' tae, whun wha shud bounce intae the kitchen but wee Miss Kirk. Miss Kirk had bin awa at her faither's fur the last wheen weeks, an' we wurnie lukin' fur her bak again till efter Ne'erday. Weel here she wuz, an' richt gled A was tae see her. Whun Miss Kirk's aboot, there's nae fretting wae Betty. "Why, lass," sez I, "hoo did ye git intae Bangor the nicht?" "A jist waukit it, ivery step," sez she. "Ma deddy didnae want me tae cum till Monday mornin', whun he promised tae bring me in the kert; but A had made up ma mine," sez she, "an' aff A startit efter taytime, an' here A am. Aren't ye glad tae see me, Uncle Wullie?" sez she, pittin her erms roon ma auld neck. A lukit up at the lauchin' face, an' telt her A wuz indeed very gled: but sez I, "whun did ye git sae nice an' perlite? Did ye hear her?" sez I, lukin' across tae Betty. "A'm Uncle Wullie noo. It yist tae bae Wullie – aye, plain Wullie – noo A'm Uncle Wully." A cud see Miss Kirk's face gittin' iz rid is a carrot, an' the cratur, drawin' her mooth doon tae ma lug, "A didnae like," sez she, "tae caw ye Wullie afore the fowk in Bangor, an' A thocht that ye wudnae mine if A caw'd ye Uncle Wullie." "An' nayther A dae, lass," sez I. A wuz jist then gaun tae tell her what A wuz aboot tae dae fur her, whun the maist unmercifa knockin' ye iver heer'd cum tae the daur. Miss Kirk wuz aboot gaun forrit tae apin it, whun A stappit her bae tellin' her that she neednae mine the daur. "It's jist them Christmas

Rhymers," sez I. "An A'm clean pestered wae them. Let them stap there; fur in this house they'll no' bae the nicht." Wae that the knocker gien sickin a brattle that A railly did think the daur wuz gaun tae bae dunner'd in. Miss Kirk lukit fear'd like, an' Betty hersel had a gye scaur'd luk on her face. "A think, Wullie," sez Betty, "ye shud gie the boys a penny, an' tell them fur gid sake tae no' cum bak again." A grappit ma pokit fur a ha'penny, an' gaun forrit, apin'd the daur, but wuz clean thunnerstruck whun A seen about a dizen dacint-lukin' men stannin' there. Sez I, "Men. whut's wrang onywye whun ye cum knockin' at fowks' daurs in ony sickin a menner? A wudnae," sez I, "luk fur waur frae a wheen o' ill-traint boys. Is the Pickie bathin' box wash'd awa, ir is the band stan' blawn doon," sez I, "that ye ir makin' sickin a rumpus aboot the daurs?" "Oh, no," sez a nice, polite kine o' a voice; "there's naethin' wrong, Mister Gunyun, an' A'm sorrie if the lood knockin' hiz disturbit ye; but the fact o' the metter is, A knockit twice afore, an' A thocht that maybe ye wur doon the hoose an' didnae hear it." "Weel," sez I, "A wud bae gye'n far bye masel' if A cudnae hear that last brattle onywye: but fur whut am A indebted tae these fowk fur their veesit?" "If we micht cum in, maybe we cud explain metters better than stannin' here in the dark," sez the man that furst spank. "Is there many o' ye?" "There's jist about a dizen o' us," sez the man. A begood tae think it quare, an' very quare, tae, that a dizen men shud want tae cum intae a strange house withoot tellin' their business furst; so sez I, "Men, ye'll pardin me, but A'm gaun tae tell ye that no a man o' ye'll cross the daur till ye tell me whut yir wantin'." A cud hear a gid dale o' whusperin' whun A say'd this; but the nixt minit yin man caw'd Carruthers, wha's face A kent whun he steppit forrit, says, "Mister Gunyun, we hae bin sent here bae the Ratepyers' Association o' the toon tae see if ye'll alloo yirsel tae bae pit up as a candidate fur Ballymagee Ward at the cumin election."

"My wains! is it you that A'm keepin' stannin' ootside my daur. Cum awa in, an' welcom," sez I. "Cum awa in." An wae that in troopit a dizen o' as fine boys iz stans in the lamps o' Bangor.

A wush ye had seen the faces o' the weemin whun the boys steppit intae the kitchen. Betty made tae gaun doon the hoose, but yin o' the men ast her tae stap; an' wee Miss Kirk run awa tae bring a wheen chairs oot o' the room. At last they aw got sated. Miss Kirk tuk her stan' at the daur cheek, me an' Betty takin' oor sates that we had left a wheen minits afore at the table in the middle o' the flair. A lukit aroon me, but A didnae notice a face A kent there except the Mister Carruthers A hae already mentioned. A think the ither men saw that, so yin o' them ast Mister Carruthers if he wud jist explain the nature o' their veesit. It wuznae lang till it wuz explained tae me that the Association had determined tae pit me in tae represent Ballymagee Ward if A wud jist ansir a wheen questins tae the satisfaction o' the deleegates that wur noo present.

"Weel, men," sez I, "this is an honour indeed that wuz un-lukit fur, an' A'm shair A hae ivery richt tae be prood. A'm maist a stranger in Bangor, but A hae tain an interest in things in general since A cum amang ye, an' if ye think A can be o' ony service in prosperin' the affairs o' the toon, then A'm prepared tae pit masel' in yir hauns." "That's richt, Mister Gunyun," sez a big, rid-heeded, lang-nosed lump o' a boy, wha had a bun-nil o' papers in his haun; "that's jist richt, an' if ye ansir these questins," – tappin' the papers – "tae oor likin', there's nae ither man wull be pit in fur Ballymagee Ward, s'elp me if there wull."

"An' noo gentlemen," sez the boy, "jist gie me yir attention fur a wheen minits, an A'll pit the questins. First an' foremaist," sez he, "A micht say we dinnae want ye tae ansir these questins sarayatom. We'll pit them afore ye noo, an' we'll gie ye a day ir twa tae think them iver if ye like." "Jist fire awa, ma boy," sez I.

"A'll hear the questins, an' then A'll tell ye whuther A'll ansir ye the noo ir no'." "Weel, then," sez the boy, "the first questin is: –

"'Wud ye, if elected, intraduce tae the notice o' the Cooncil that it their boundin duty tae purvide a place in the Hamilton Road Perk whaur the wee boys o' the toon cud spin their peeries?'

"The nixt yin is: –

"'Wud you, if elected, favour a skame tae induce the Cooncil tae purvide a shilter at Warden's corner fur the purtection an comfort o' the Bangor workless working men?'

"The third question is: –

"'Wud ye be in favour o' a weekly public display o' the Bangor Fire Brigade, jist tae show the fowk hoo the thing is wrocht?'

"The fourth questin is: –

"'Wud ye, if elected, see tae it that the Cooncil purvide the Slop Ranger wae a new hat an' stick nixt simmer?'

"Questin five is: –

"'Pit in as few words as ye can yir views on the baths questin.'

"The sixth yin is: – 'Wud you, if elected, purpose a resolution tae compel Captain Tregaskis tae purvide cushins on the quay wa' fur the comfort o' the boys takin' the rest cure?'

"Questin saven is: –

"'Wud you be in favour o' a wheen daisies bin planted in the Esplanade, fur the wains tae pluck in the simmer?'

"The nixt questin A hae tae ast ye is: –

"'Wud ye be in favour o' a skame tae purvide a wire nettin' roon the shore front tae purvent the wulluks frae gaun oot tae sea?'

"The ninth questin is this: – Â

"'If elecked, wud yow purpose that a depitation o' the Cooncil gaun tae Lord Clanmorris an' compel him tae stap the craws frae biggin' their nests in the trees boarderin' Abbey Street?'

"An' the last questin is: –

"'Wud ye, if elecked, push the Cooncil tae intraduce a bye-law tae inforce the owners o kats tae hae thim shaved at least yince a week?'"

(To be continued.)

Chapter 19

Wullie Gunyun as a Candidate fur Bangor Toon Cooncil

Whun the depitation had cleared oot o' the hoose, Betty turned tae me, an' sez she, "Wullie, dear, whut is it aw aboot?" but A wus sae tain on thinkin' o' the great honour that the men wur aboot tae confer on me that A jist cudnae bring masel tae ansir her. As A sut there at the table glowerin' iver the papers that the rid-heeded boy had left, A cud hear Miss Kirk ivery noo an' then tellin' Betty: "They're wantin' Uncle Wullie tae bae a Cooncillor; they're gaun tae mak him yin o' the leadin' men o' the toon." "An' whut's a Cooncillor?" A heer'd Betty whusper. A think the explinashun that Miss Kirk gien wuz maist as startlin' tae masel' as it wuz tae Betty. "A'm no' richt shair," sez Miss Kirk, "But A mine seein' yin yince at the Newton Sessions, the time ma deddy summoned Watty Commick fur lettin' his goats brack intae the corn fiel' ayont the knowes at the bak o' the hoose. A wuz there," sez she, "as a wutness, an' A mine whun A went intae the coort-hoose seein' a man weerin' a curly-lukin' thing on his heed that they caw'd a wig, an' drest in a gown like whut ye see oor meenisters weer. A heer'd a wumin sittin' aside me in the coort-hoose sayin' that the man wuz Cooncillor Sumbudy ir ither; an' A suppose it's sumthin' like that that they ir wantin tae mak ma uncle." "Weel," sez Betty, "if that's the wye o' it, A'm shair yir uncle, wain, 'll no need ony wig. He's no' like auld Wiggy Forgison, wha's heed is as scairce o' hair as a chainey egg."

"An' furbye," sez Miss Kirk, "efter he's in the Cooncil awhile they'll maybe mak him the meer o' the toon." A watched Betty whun Miss Kirk say'd this, an' A notished she gied her specks a gye sherp shuv frae her nose tae her broo, an' lukit at the lass fur a minit. "Dae ye ken whut yir sayin', wain?" sez she. "Hoo in the name o' aw that's gid cud onybudy mak a meer oot o' Wullie Gunyun?" That wuz a settler tae Miss Kirk. She didnae say ocht in ansir tae Betty, but jist tuk her sate at the fireside an' begood knittin' at a pair o' auld socks that she wuz fittin'.

Betty cud see that A wusnae tae bae disturbit, an' efter things had simmer'd doon A lukit at ma watch, an' seein' it was near twal o'clock, telt the weemin it wuz aboot time that we wur aw gittin' tae bed. Hooiniver, there was nae sleep fur Wullie Gunyun that nicht. A jist cud not keep the questins that the boy had pit tae me oot o' ma heed; an' hoo tae ansir them tae the pleesemint o' the depitation nearly turn'd me crackit awtegither. lvery noo an' then, whun Betty wud gie a snore, A wud jump up in the bed an' cry out "Oh, aye, A'll git ye a wire nettin tae keep in the wulliks," ir maybe it wud bae "A'll see tae it masel' that the boys takin' the rest cure git their cushins on the quay wa'." Pair Betty wud waukin wie a start, an' takin' haud o' ma haun', wud say, "Ir ye no weel, dear, that ye ir makin' sickin a carry on in yir sleep?" A didnae richt unnert-stan' whut had happened masel', so, jist pittin' ma heed doon on the pilla, A wuz drappin' intae a nice kine o' a dose, whun A gied a maist unmercifa yell that "A wud kick them aw out." At this A maun hae gied a kick oot in earnest, fur the nixt thing A mine wuz Betty lyin' sprawlin' in the middle o' the flair an' yellin' at the tap o' her voice that "she wuz kilt." Tae bae shair, A wuz sorrie whun A seen hoo A had treated pair Betty, an' gittin' the cratur fixed in bed again, A swore A wud sen' the depitation tae the diel whun they wud cum fur their ansirs. But Betty wudnae hear o' me dain ocht o' the sort. A declare tae ye, wains, A think she wuz as muckle tain on wae the notion o' me baen a Cooncillor as A wuz masel', an' she wud say tae me, "Niver mine me, Wullie, A'm aw richt; A'm no' a bit hurt, dear. Jist pit yir heed doon, like a gid boy, an' try tae git a wink o' sleep." Weel, A tuk Betty's advice, an' did pit ma heed doon, but no yin bit o' me cud sleep: ma een wud keep wide apin in spite o' me. There A was, lyin' wide awauk, an' them questins wud keep shuvin' forrit afore ma een the hale nicht thro. Ye may be shair, wains, that this kine o' carry on didnae gaun tae the makin' me ony better temper'd, an' afore the end o' the week A declare A wud hae snappit the nose aff yir face if ye had daur'd tae even ast me hoo A was daein.

A'm shair sum o' ma auld aquantance cudnae help but wunner whut in the warl had cum iver me. Ony yin A kent, A wud rin forrit tae, an' takin' him bae the erm, wud say. "Cud ye advise me the best wye tae stap the craws frae biggin' nests?" ir maybe it wud bae, "Dae ye ken onythin' aboot the Bangor Fire Brigade?" Yin man A thocht A kent A gat haud o' jist as he wuz cumin' oot o' a barber's shap, an' takin' him bae the haun, sez I, "Sir, ye maun pardin me, but A jist want tae ast ye if ye think it wud dae ony gid if the owners o' kats wur compelled tae hae them shaved yince a week." The man, wha turned oot tae bae a complete stranger tae me, maun hae tain me fur a madman, fur it wasnae lang efter till A was stappit bae Mister Howard, the poleecman, wha ast me if A wuz weel eneuch. A ashaired him A niver wuz better in ma life; but aw the same A notished that he didnae let me oot o' his sicht till A turned the corner o' ma ain street. A think, wains, this shows ye hoo A wuz rocht. At last the nicht set bae the depitation had cum roon, an Betty, Miss Kirk, an' me wur sittin' at the fireside, patiently listenin' fur ony strange step we cud hear; but it wusnae till the clock had struck again afore a knock cum tae the daur. Thinks I, "Here cums the boys at last." Miss Kirk went forrit tae apin the daur, an' A cud hear a wain astin her if Mister Gunyun wud len' his maw lest week's "Bangor Herald." A neednae deny it, A wuz a wee bit pit oot. Hooiniver, it wuznae lang efter till in steppit the depitation. As far as A cud see, they wur the same faces that had caw'd the week afore, an' whun they wur aw sated the rid-heeded boy cum forrit tae the middle o' the flair, an' gien a bit cough tae clear his throat like, "Mister Gunyun," sez he, A need hardly tell ye the abject o' oor cumin' here the nicht. Ye hae," sez he, "heer'd on the previous occasion whun we caw'd on you that it wuz the determination o' the Bangor Ratepayers' Association tae pit ye forrit tae represent Ballymagee Ward. At that time a wheen questins wur pit afore yir notice, an we trust that we hae gien ye plenty o' time tae conseedir them questins, an' that ye ir in a position tae gie us yir ansir the nicht." The boy tuk his sate, an as A cud see that aw the men wuz lukin' at me – an' that A wuz expected tae say whither or no' A wuz ready – so gittin' tae ma feet, sez I "Men A'm mair than gled ye hae cum the nicht – fur A verily beleeve fowk if A had tae bother ma auld heed very muckle langer wae yir questins that A wud bae far fitter tae be pit in Newton Asylum than intae the Bangor Toon Council. "That's very gid" sez the rid-heeded boy "that's very gid indeed – S'elp me – it is indeed very gid." A lukit at the boy fur a minit no' knowin' whut tae dae at aw. At last sez I strechtenin' masel' up – "be gid eneuch tae pit the questins an' A'll gie ye ma ansir like a man" – "Weel." sez the boy "wud ye please git tae yir feet." A did as A was bid at the same time A could feel ma legs liken tae dooble unner me an' the sweat rin doon ma nose.

"Noo," sez the boy, "the first questin as ye weel ken bae this time hiz mair tae dae wae the risin' generation o' the toon than o' the wants o' the present community – it is this: 'wud ye, if elected, introduce tae the notice o' the Council that it is their boundin duty tae purvide a place in the Hamilton Road Park whaur the wee boys o' the toon cud spin their peeries?'"

"Weel fowk" – sez I, "as ma young freen here says, this questin hiz mair tae dae wae the risin' generation than wae us o' the present day. As far as A can see – it's the boys o' the present that will be the men o' the future – an A'm thinkin' it will be these risin' boys that'll hae tae pye fur whut's bain din at the Bangor Park the noo – therefore A think the boys ir entitled tae a wee bit place o' their ain an if A'm elected A'll see tae it that they git some spot aboot the Bowlin' Green whaur they cud peg awa till they ir tired. An noo wae yir leeve A wud rether ansir aw the questins in globber instead o' takin' thim saray-etom. An A think men, it wud tak a lot o' time." "Hae ye ony objectins tae this coorse gentlemen?" sez the rid- heeded boy – "No yin bit," sez Mister Crothers, "as A ken Wullie'll no be ahin haun."

That point bein' settled – A tuk up the questin paper – an lukin' thim through, "Men," sez 1, "the questin o' shilter fur the Bangor workless-men – cud A think – bae laid aside – if a wee bit o' common sense wuz used at the Coooncil Baird. Whut A wud advise is that the Bangor Cooncil lay on the gas free tae every Bangor workman's hoose in the toon – an gie him a copy o' Tam Maconnil's letter on the hot soomin' baths at Pickie, an A'll gar ye while he hiz sickin' gid readin' an plenty o' licht he'll no want tae gaun oot o' the hoose avaw: an noo as fur as seein' hoo oor Fire Brigade is rocht A think efter the drookin' some o' the boys got at the fire on Christmas nicht, that anither display o' the same kine'll no be wantit fur some time tae cum. An noo A see that ye hae ast me, gentlemen, if A wud purvide a hat an that bae sayin' that A had promised the Ranger that A'll buy him a new hat an stick – an mair, that A hae made arrangemints wae Captain Tregaskis tae pit cushins on the quay wa' – purvidin' A'm elected a Cooneillor at this election.

An noo boys A think the nicht is giely spent an as A see Betty gauntin as if she wantit tae her bed micht A ast ye tae pardin me keepin' ye oot o' yir ain hooses ony langer the nicht, an if ye wud kinely caw bak this nicht week A beleeve we cud finish the rest o' the questins. "S'elp me, A beleeve yir richt," sez the rid-heeded boy – the ithers bain' wullin' tae pit the matter off. A seen them aw oot an wishing them aw a Happy New Year – closed the daur.

(To be continued.)

WULLIE GUNYUN AS A CANDIDATE FUR BANGOR TOON COONCIL

(Continued)

"Weel, lass," sez I tae Betty, efter the depitation had cleared oot an' we had got the hoose tae oorsels, "hoo did A aquit masel'?" Betty lukit at me wae a nice, kinely smile beamin' aw ower her face, an' giein' hersel' a bit shift in her sate, sez she, "A'm richt weel pleased at the wye ye hanniled yirsel'; A didnae believe," sez she, "that ma auld man wus as weel up as he is; but aw the same, A wud far rether that ye wud gie up the notion o' the Cooncil awtagither. A'm shair," sez she, "it wud be far mair yir common jist tae rest yisel' in yir auld days. An' furbye, A hear Miss Kirk sayin' that there's ither twa men caw'd Thamsin gaun in, tae; an' as far as A can hear, if them twa boys gaun ontae the Cooncil, there'll bae a bit o' a jingle." "Weel," sez I, "Betty, A hae aye up tae noo tain yir advice, but dae ye think A cud gaun bak noo that A hae gien ma wurd tae stan?" "An' whut's tae hinner ye?" sez Betty. "Jist luk whut Mister Sam Johnston an' Mister Mosey Gibson ir daein'; the yin playin' bow-keek wae the ither. First ye hear that Mister Johnston is gaun tae rin agin Erchie Thamsin, an' the nixt minit ye hear that it's Mosey that's gaun tae bae the man: an' A'm beginnin' tae think," sez she, "that baith the boys ir a kine o' wye feer'd tae tackle the auld cratur. Heth, if A had Sam Johnston bae the lug, A wud gie it a pook that he wud mine fur mony a day tae cum," sez she.

"Gidness me, Betty, whut in the warl is wrang wae them twa men that ye wud bae sae hard on them?" sez I. "Hard on them!" sez she; "A think they deserve tae git a tongue threshin'. First it's the yin, an' then it's the ither," sez she. "Dae ye ken whut it is, Wullie? A verily beleeve that them twa boys ir afeer'd tae hae the questins pit tae them that wuz pit tae you. Fur aw that," sez she, "ye can jist pleese yirsel whuther ye stan' ir no'; bit A'm afeer'd that ye'll hae tae gie better ansirin' tae the ither fower questins, if the Ratepyers' Association pit ye forrit avaw."

A begood tae think that there was a gid dale in what Betty say'd aboot the ansirin'. Nae doot A wuz a kine o' a wye prood o' hoo A had hanniled masel' the first nicht o' the questinin', but A seen Mister Sevige since that nicht, an' as far as A cud gether frae him, the Ratepyers wurnae pleased avaw; "in fect, sum o' them," sez he, "say'd ye had din a gid bit o' hedgin' an' yin man at the ratepyers' meetin' pit it that he thocht ye say'd yin thing an' meant anither thing awtagither." This, nae doot, did tak me doon a bit, but A ashaired Betty that A wud clear up metters whun the depitation caw'd on me again.

Hooiniver, A begood tae settle masel' as A wuz determined tae show the fowk o' the toon that A didnae care a spittle whuther they pit me forrit ir no'.

So A jist went aboot in ma auld wye – no botherin' masel' in perteeclir. A had bin oot takin' ma bit danner on Tuesday nicht last, an' had jist cum intae the hoose, an wuz sittin' doon tae a wee drap o' tay whun wha shud step in but the rid heeded boy, an cumin' forrit tae me tuk me bae the haun an wushed me a Happy New-Year an then he did the same tae Betty. – Efter he got sated he turned tae me – an sez he ye maun pardin me fur cumin' in on ye when ye ir at yir tay – but the fect o' the metter is – that there's a "mercenary meetin'" the nicht tae prepare the Denominatin papers an' the committee sent me roon tae git the rest o' the ansirs afore pittin' in a paper fur you" – "Weel," sez I, "if ye jist wait a meenit till A git a sowp o' tay A'll attend tae ye like a man – hooiniver, there's yin thing A want ye tae answer me afore we gaun ony further – hiz the questins bin pit tae aw the ither boys that ir stannin' fur the Cooncil"? "As fur that," sez the boy – "A'm no shair that A'm richt in answerin' ye but A wud like tae dae ye a gid turn an if it's ony comfort tae ye A may tell ye that Mister Sevige an Mister Sam Johnston hae baith gien their ansir tae the satisfaction o' the Association."

"That's aw richt thin – A'm quite content noo tae hear that, fur if a dae gaun intae the Cooncil, A wudnae like onythin' better than the company o' them twa boys. –"

Wae that the boy drew oot o' his pokit the questin paper, but afore he got time tae say onythin' mair Betty had him turned tae the tay table an afore lang he wiz peggin' awa at Betty's pritta breed as if he hadnae seen meat fur a month. A notished the boy kept gye quate at tay time; but ivery noo an then he wud keep lukkin' doon the hoose – at last A cudnae help askin' the boy wuz he lukin' fur onythin' – this seemd tae gie him a bit o' a start like – an A notished his face got as rid as his heed – an efter swallyin' the tay he had in his mooth doon the wrang throat – he managed tae say that he wusnae lukin' fur onythin' perteeclir but he thocht he had notished a young woman's face keekin' roon the daur cheek – Jist then in steppit Miss Kirk, wha had bin doon the hoose triggin' herself up a bit. The boy got tae his feet whun Miss Kirk cum intae the kitchen; but A ashaired him that the lass wuz perfectly hermless – an that he cud jist gaun on wae his tay – as she cud get a cup fur herself – We finished oor tae efter sum time, an as A notished that the boy wuz keepin very quate – sez I sir, micht A no suggest that ye git the questins ready as A'm shair the Committee wull be uneasy tae ye git bak tae the meetin'."

"S'elp me," sez the boy, "A had nearly forgotten aw aboot the questins – an A maun thank ye fur reminin' me o' ma duty." "But first o' aw," sez he, "A want ye tae unnerstan that A'm jist the mouthpiece o' the Committee" – A lukit at the boy – shairly, thinks I – the Ratepyers Association maun be a buziniss concern – fur A can see whun they wur aboot pickin' a mouthpiece that they dinnae pick the wee'st yin onyw'e. At the same time, sez the boy, "If A can be o' ony service tae ye in helpin' ye tae ansir the questins jist say the wurd." A thankit the boy fur sayin' this. – "A," sez I, "shud A git intae the Cooncil – ye can at aw times coont on ma vote shud ye be lukin' fur a job." "O, niver mine that," sez the boy, lukin' at Miss Kirk, "A'll maybe want ye tae dae me a gid turn in anither wye sum day; an noo fur the questins. Ye hae, sez he, already ansir'd six o' them – an A notish that the savinth yin asts "Wud ye bae in favour o' a wheen daisies bin planted in the Esplanade, fur the wains tae pluck in the simmer?" –

"Weel," sez I, "since ye wur here afore A hae heerd it say'd that some big-hearted man – presinted the Cooncil wae a lot o' nice floorin' bushes tae pit roon aboot the rilins – but that the Cooncil thocht sae muckle o' the man's kindness – that they alloo'd the bushes tae bae pooh'd tae pieces bae the lasses makin' floo'r buckets fur Medley Barrett. Weel, if the Cooncil is sae obleegin' tae the big lumps o' lasses A think it's jist as little as they cud dae tae gie the wee toddlin' wains some pleasure tae – an if A'm elected A'll purpose that a hunner-wecht o' daisy seed be sow'd in the Esplanade green at yince – an if they dinnae grant it – A'll gaun oot tae Ballybuttle masel an bring a hunner ir twa dooble lippit yins that A'll hae planted oot o' ma ain pokit." This ansir seemed tae hae pleased the boy terribly fur he jumpit aff his sate an throwin' doon the paper – "gie me yer haun," sez he – "yir heart's in the richt place – an onybody that shows their kindness tae the Bangor wains – wull hae the best support that the Association can gie. – Yir a man – sez he – an it's men we want on the Cooncil an no a wheen o' auld sweetie wives sittin there sookin' barley-sugar an gittin' aw the sweet things fur themsels an their friens – A'm weel pleased wae yir ansir an if ye can jist manage this yin as weel A'll promise ye that ye ir a T.C. this very minit. – An here it is, 'Wud ye be in favour o' a skame tae purvide a wire nettin' roon the shore front tae purvent the wulluks frae gaun oot tae sea?'" "That," sez I, "is indeed a very important questin – an yin that shud be pit tae ivery member o' the Bangor Cooncil – fur iz it no the wulluks that ir the 'graun-draw' o' the toon?" – "S'elp me," sez the rid-heeded boy, "yir quite richt – fur whun ye git haud o' a wheen big fat yins weel boiled it's a pleasure tae ony buddy tae bae at the drawin' o' them oot wie a corker-pin." – "An furbye," sez I, "jist tae think hoo weel they ir nourished wae the gid things sent tae them bae Bangor Sewerage outlet at Clifton." "S'elp me, that's gid," sez the boy – "wha wud hae thocht o' that, but sombudy weel up like yirsel, – an dae ye ken this," sez he – "seein' the wye ye hae ansired that yin A'll drap the ninth yin awtagither – an' as that lays only yin noo – A'll pit it tae ye at yince an then we'll hae din – an din weel tae."

"Noo jist listen" – sez the boy – "as ye weel ken it's the kat questin we're at noo, an' it's pit this wye. Wud ye, if elected, push the Cooncil to introduce a bye-law tae inforce the owners o' kats tae hae them shaved at least yince a week?" As ye wull mind wains this is the very questin that very nearly pit me wrang awtagither an caused me tae mak sickin a fill o' masel in

the streets o' Bangor a wheen nichts afore – an whun the boy
spauk aboot layin oot yin o' the questins A had hoped in ma
heart that it wuz this very yin that the boy had in his mine.
Hooiniver, it wuznae tae be, an here A wuz pit tae the last ex-
tremity – an A had a terrible fear on me – that aw ma bother
gittin tagither the ither ansirs wuz clean lost. Hoo tae ansir the
boy tae his pleesmint A did not ken – Fur A cudnae be shair
whuther the boy wud be in fur the shavin' o' cats ir again it.
Weel, efter thinkin' a bit sez I, "Sir, – Since A cum tae Bangor
sometimes at nicht A hae bin clean distracted wae the maist
unmercifa yellin' o' a regular kennil o' kats at oor back side an if
A thocht fur a minit that the shavin' o the boys wud pit a stap
tae their music A wud gaun in fur sickin' a bye-law wie a heart
an a half." "Weel," sez the boy, "A mine yince whun A wuz in
the zookological gerdins in Dublin that a keeper telt me – that
sometimes they had tae cut aw the hair frae aboot the tugers'
mooths – an onytime they did that it had aye bin notished that
no yin bit o' the tuger wud pit her nose oot o' her den till her
whuskers wud grow agin."

"Ye ken," sez he, "that kats ir o' the tuger breed – an A'm shair
if the shavin' wuz tried on the kats that no yin bit o thim wud
gaun oot o' the hoose till their face wud git whut they think is
respectable like. Fur ma pert," sez he, "A ken oor kat is gye'n
prood o' her whuskers – fur ony time A see her at the fireside
she's aye dichtin at yin side ir ither o' her face; an that's whut
maks me think they ir a prood lot aboot their whuskers, an A
wud advise ye tae gaun in fur the shavin' skame."

"A'll dae as ye say, freen," sez I, "As A'm shair ye wudnae
advise me tae ma ain undaein, an' as A hae made ma mine up
tae git intae the Cooncil at ony price A'll promise ye onythin'."

This wuz eneuch fur the boy. He loupit tae his feet like a
linty – gruppit me bae the haun an' pushin' me aboot like a
wain – kept yellin' at the tap o' his voice "Success at last, Vote

fur Gunyun – Vote fur Gunyun." Efter poohin me aboot till A wuz near drappin', he pickit up his cap an went tae the daur still yellin' "Vote fur Gunyun." The noise o' the man in the hoose hid gathered a wheen o' wains aboot the daur – an whun the man run oot an alang the street they – ivery yin o' them efter him as fast as their wee legs wud carry them joinin' the man an' yellin' as hard as they cud tae "Vote fur Wullie Gunyun, an the Peerie Patch."

North Down Herald and County Down Independent – Friday 06 January 1911

p.8 (the above story was on p.3 of the same issue)

Bangor Municipal Elections - Nominations

Ballymagee Ward

Wullie Gunyun, 1758 Clabber Row, retired farmer; proposed by Joseph C. Stewart, seconded by Robert M'Clelland. (Nomination declared invalid).

BANGOR MUNICIPAL ELECTIONS

THE NOMINATIONS

A Host of Candidates

At five o'clock on Thursday evening the Town Hall was surrounded by an enthusiastic crowd of candidates and their supporters eagerly awaiting the result of the nominations. These were fairly well known weeks ago, but there is always the possibility of an unexpected turn up to introduce a spice of interest to the proceedings. Just as the clock ceased striking, Mr. James Milliken, as Returning Officer, announced the names of the candidates. A seat in each of the five wards had been vacated by rotation. Messrs. John Henderson and Joseph Rea, the respective members for Castle Ward and Dufferin Ward, did not again seek the suffrages of the electors, and consequently were not nominated; but a paper was received in favour of Captain Nicholson, who, however, has announced that he will not stand. The other members who retire are: – Messrs. James H. Savage (Clifton), and Henry Montgomery (Ballymagee). Appended are the candidates nominated with the proposer and seconder in each ease.

BALLYMAGEE WARD

Alexander Davidson, Bingham Street, master plumber; proposed by James A. Kelly, seconded by Walter Crozier. Two papers.

Wullie Gunyun, 1,753 Clabber Row, retired farmer; proposed by Joseph C. Stewart, seconded by Robert M'Cleland. (Nomination declared invalid.) Two papers.

Henry Montgomery (retiring member) auctioneer, Ballymagee, Bangor: Proposed by Thomas Matthews, seconded by Rebecca A. Nelson; supported by James Fletcher, D.C. Ross, etc. Nine papers.

James Mitchell Thomson, Altamont, Princetown, Bangor, commercial agent; proposed by Jane Carson Byers, seconded by James Newell. One paper.

CASTLE WARD

Samuel Johnston, (etc.) ...

CLIFTON WARD.

Hugh Ferguson, Seacliffe Road, Bangor, gentleman; proposed by Henry Palfrey, seconded by L.W. Wells. One paper.

James H. Savage, (retiring member), builder and contractor, Ballyholme Road, Bangor; proposed by R. L. Moore, M.D.; seconded by David Lindsay. One paper.

DUFFERIN WARD

Edward Henry, Southwell Road, Bangor, rate collector; ... (etc.)

Chapter 20

Wullie Gunyun an the Toon Clerk

A think o' aw the rascally things that iver wuz perforated tae a man in Bangor the day, wuz din tae me, Wullie Gunyun, at the Toon Hoose on the nicht o' pittin' in the denominatin' papers. A wuz there as a metter o' coorse, furbye a wheen ither boys that wuz perposin', like masel', tae gaun forrit as cooncillors. Amang thim A notished George Makrakin, wae Tammy Wulson, Sammy Johnston, Jimmy Sevige, Henry Montgomery, an' a big, sonsy-lukin' boy they caw Kelly.

Weel, we wur aw sittin' roon the fire in the Baird-room, waitin' tae hear frae Mister Milligan whuther ir no' we wur fit tae be gaun forrit, an' ye may be shair we wurnie thinkin' lang. Fur it wuz fur wha cud tell the best yern; but A think A wud bae inclined tae gie Hughie Macormick the palm at that job. Weel, as A wuz sayin', we wur yernin' awa an' passin' the time till aboot five minits efter five, whun in steppit Mister Milligen an' Mister Mahaffy, the lawyer o' the toon.

Ye may be shair, wains, that there wuz quateness whun these twa importint boys cum intae the room. A notished Mister Milligen had a big rowl o' papers in his haun, an' Mister Mehaffy had anither. Gaun forrit tae the table in the middle o' the room, Mister Mulligen laid his papers doon, an' turnin roon, sez he: "Gentlemen, the followin' ir the fowk entitled tae staun at the comin' elections," an' wie this he cried oot aw the names, an' the last yin he mentioned wuz Wullie Gunyun. Dae ye know, wains, it wud hae din yir heart gid tae hae heer'd the cheerin' that went up whun ma name wuz caw'd oot: but, feth, this wuz shin stappit whun Mister Milligen the nixt minit say'd that "he wuz sorrie tae say that Mister Wullie Gunyun wuz 'invaleed.'" A declare tae ye, whun he say'd this, A hardly ken't whaur A wuz stannin' an fur a minit ir twa wuz clean tongue-tied. The sweat brauk oot on me, an' A verily believe, if it hadnie, A wud hae drappit on the spot.

Hooiniver, A cum tae in a wheen minits, an' studyin' masel' agin the daur cheek, sez I tae Mister Milligen, "Pardin me, sur, fur a minit. Am A tae unnerstaun that ye say A'm an invaleed"

"Indeed, Mister Gunyun," sez he, "A'm sorrie tae hae it tae say that that's the case." "Weel," sez I, "o' aw the imperince that iver A did hear in aw ma born days that's the wurst. An' ye daur staun there," sez I, "afore aw these respectfa fowk, an' tell me tae ma bare face that A'm an invaleed?"

Ma temper got the better o' me, an' lettin' masel' lowse, an' giein' him a luk fit tae mesmerize him, "James Milligan," sez I, "did A iver expect a sin o' yir da's wud dae sickin a thing on me, Wullie Gunyun? A hae kent ye mony a day, man an' boy, an' mony a time it gien ma auld heart a lift tae see ye poohing aff the biggest o' the prizes at the Newton bicycle races, an' this is the wye ye wud pye me bak! It's ill come yir common, sir, tae tak a haun oot o' an auld man, an' if ye dinnae this very minit draw yir pencil through them wurds, A'll mak ye the sorriest man in Bangor fur yir daeins here the nicht.

"Tell me, sur," – a bricht thocht strackin' me – "tell me, this moment, an' in whut wye am A an invaleed."

"Luk at the denominattin' paper," sez he –

"A'm no here," sez I, "tae luk at onybudy's paper; an' A'll no' pit a haun on yin o' thim."

"Weel," sez he, "jist ast Mister Mahaffy, an' maybe he'll explain the metter tae ye."

"A ken naethin' aboot ony Mister Mahaffy," sez I, "an' furbye, A'm no' o' the mine o' astin' him ony questins avaw, fur A weel ken whut it costs tae ast ony questins frae boys o' his claith. Na, na, ye'll no katch a weasel asleep this time, James. Jist explain tae me yirsel', ir if ye dinnae, A'll mak it as dear a bit o' wark tae ye as ye hae din fur this gid while bak."

A cud hear sum o' the boys that wur sittin' roon the fire sayin' that A wuz perfectly richt, an' that A wuz entitled tae sum explanation.

But Mister Milligen didnae seem tae want tae hae onythin' tae dae wae me, appearingly; fur he turned on his heel, an' wuz aboot layin' the room, whun A gruppit him bae the erm, an' sez I, "listen tae me fur a minit. A'm an auld man o' savinty-fower, an ye ir bit a lump o' a boy, as far as years gaun; but A'll lay a tenpun note in ony man's haun here the nicht that A'll rin ye fur a hunner yerds an' bate ye. Pit that in yir pipe an' smoke it, ma bonnie boy," sez I.

Mister Milligen gien his erm a pooh tae git rid o' me, but no' yit; A stuck tae ma grup, an sez I, "Ir ye game, sir; ir ye game tae see whut the invaleed Wullie can dae?"

Did he tak me up? No' him; na, no' yin bit o' him. "Cum, cum," sez he, in a commandin' kine o' voice, "tak yir hauns aff me this minit, ir A'll hae ye arrested."

"An' wha wull ye git tae dae it?" sez I. "There's Mister Matthas," sez I, "an' A'm shair he'll beer me oot that it's me shud hae ye arrested fur slanner, but listen tae me, ma wee man, A'll mak ye eat yir wurds, ir ma name's no' Wullie Gunyun; an' A'll mak ye feel the sorry boy fur the wurds ye hae this nicht pit agin my name. A'll gaun doon this minit tae the doctor's, an A'll hae masel' soon'd, an' if the doctor fins naethin' the metter, A'll mak yir purse a bit lichter than it hiz bin since ye cum tae Bangor, onywye."

A think, fowk, Mister Milligen didnae like tae hear me say this, fur he weel kent it meant the brackin' o' a very auld an very warm freenship. A notished his face got gie white like, but he didnae say ocht, but jist gien his erm a bit pooh, awa he went oot o' the room.

The rest o' the fowk cud see weel eneuch that A wuz vexed, an' A maun certainly gie Sammy Johnson an' Henry Magummery credit fur tryin' tae men' metters. But is it ony wunner – an' A'll pit it tae yirsels – wud ony o' you like tae bae treated as A wuz that nicht, efter the wye A had tried tae please the depitation frae the Voter's Association? A'm very weel shair ye wud hae jist felt as A did masel', an' maybe ye wudnae bin as easy pit doon as A wuz. But A'm an auld man, an' there A wuz, single-haundit, no' yin o' the Association there pittin' in a helpin' wurd fur me. Is it ony wunner A felt bad?

Hooiniver, takin' up ma stick an' pittin' on ma hat, A left the Cooncil Hoose, aboot yin o' the maist disappointed budys that stud inside the lamps o' Bangor that nicht.

But that's no' the wurst o' it. Hoo wuz A tae face Betty, an' tell her hoo A had bin treated? A kent weel it wud gaun a lang wye tae the brackin' o' her dear auld heart whun she wud learn that it wud be pasted aw iver the hale toon that Wullie Gunyun, o' 1753 Clabber Raw, was an invaleed. Dae ye ken this, A think if A had got James Milligen oot in the street, A wud hae braukin ma stick iver his bak.

Hooiniver, there wuz naethin' else fur it. Hame A wud hae tae gaun, an' the truth A wud hae tae tell, but A can ashair ye, A wud rether that minit hae gaun doon tae the Pickie Soomin' Pan fur a hot bath than bae hain tae vex pair auld Betty that nicht.

A hadnae got ony farder on ma wye hame than the Ward Skilhoose, whun wha shud A meet face tae face but the rid-heeded chap.

He stappit sudden-like in his traks whun he saw A spotted him; but A went forrit, an' lukin him strecht in the face, "Whut wye wur ye no' at the Cooncil Hoose the nicht?" sez I.

"A em jist gaun there this very minit," sez he. "A wuz roon at your hoose," sez he, "an' A think maybe A stappit langer than A shud hae din. But hoo did ye cum on?" sez he.

"Weel," sez I, "seein ye ir sae very gid at astin' questins, ye can jist ast at the Toon Hoose hoo A hae din." "A hope there's naethin' wrang," sez he. "Dae as A tell ye," sez I; "gaun on in tae the Baird-room, an' see hoo ye hae filled a pair auld man. Nae doot ye'll be pleased wie yir smert wurk; but let me tell ye, if yir Association luks efter their candidates fur the ither perts o' the toon as they hae din in Ballymagee Ward, they'll hae din sumthin' that the toon wull be thankfa fur. Yir naethin' but a wheen lick-spittals," sez I, "an' A can see richtly whut yir efter; ye jist want the rest o' the toon tae bowster ye up in yir apposition tae the baths an whun ye git whut ye want yir association wull be nae mair."

"S'elp me," sez the boy – "maybe yir richt, but Mister Gunyun" – sez he – "wud ye grant me a favour afore we part?" "Weel," sez I, "A dinnae see that A hae ony richt tae pit masel aboot fur ye, but let me hear whut yir wantin' an' A'll see aboot it."

"Micht A," sez he, "hae the pleasure o' takin' Miss Kirk tae Copley's Theatre? There's a grand piece on the bairds," sez he, "on Wednesday nicht (that's the lasses' nicht oot, ye ken), an' A wud like bae yir leave tae tak her tae see it."

"Listen, ma boy," sez I; "A'll no' aloo Miss Kirk tae gaun ony place wie ye, an' noo that A ken ye better, let me tell ye no' tae darkin oor daur again, fur if ye dae A shairly wull hunt the dug on ye. Sae gid-nicht." An' wae that A left him.

Whun A apined the daur o' oor hoose an' went intae the kitchen, A think Betty maun hae notished that there wuz sumthin' wrang. She didnae say ocht fur a bit; at last the pair auld cratur cud not wait ony langer, so sez she, "Is there ocht wrang, Wullie? Ye luk terribly doon in the mooth." A gied her a luk, but A cudnae speak. This startled Betty, an' getting up, she cum iver tae me. "Hiz onythin' happened? Jist tell me, like a gid boy," sez she.

A begood an' telt Betty hooA had bin miscaw'd bae Mister Milligen fur an "invaleed."

"An whut's an 'invaleed'?" sez Betty. Wee Miss Kirk did her best tae explain that it wuz sumbody that wuz seek.

"Weel," sez Betty, "if Mister Milligen hiz din that, he hiz, as ye say, miscaw'd ye very badly indeed. A hae leeved wae ye," sez she, "aff an on fur aboot fifty year, an' A niver kent ye tae tak ony doctors' drugs o' ony kine – na, no' as muckle as a thimafa o' glabber sawts. But niver mine, Wullie," sez she, "A'll see Mister Milligen masel', an' he'll fin oot tae his cost that A'm no' seekly, onywye: an' if nane o' the boys wull, yir ain Betty wull stan' tae the last bae the side o' her ain WULLIE GUNYUN."

Chapter 21

Wullie Gunyun an' the Election

A think the biggest carry on ye iver heerd tell o' in aw yir born days tuk place in Clabber Raw yin nicht last week: but afore A gaun intae the perteeclirs, A think A shud tak this chance o' tellin' the Sassenachs o' the toon whauraboots Clabber Raw is. It's no' but whut aw the auld residenters ken aw aboot whaur it is: but the editor tells me that some o' the boys that hae lately cum tae the toon, an' wha tak it on thimsels tae think that Bangor belongs tae thim, hae bin circulatin' reports that there's nae sickin a place avaw as Clabber Raw. Let me tell ye, fowk, it's like a wheen ither reports – fur instance, the estimated income o' the het sawt water baths at Pickie that these chaps made, no' worth the paper it wuz pit doon on. Hooiniver, fur the enlichtenment o' these same boys, A wud ast thim jist tae gaun roon tae the Cooncil Hoose an' luk at the map o' the toon, an' if they're no' stane blin, they cannie miss seein' that Clabber Raw lies at the heid o' the toon, rinnin' in a strecht line frae Tinkers' Toon tae Cockle Hill. It's a lang raw o rid-breek hooses, streetchin' doon the yin side o' the road, an' doon the ither rins a burn caw'd the "Puddick's Plirt." Hoo onybody cud stan' up an' say that there's nae sickin a place, whun iverybudy kens that "Boag Sally's Brig," that taks ye tae the fitbaw grun, gauns iver the burn in the very middle o' Clabber Raw, bates me. Weel, as A hae tried tae explain that this noo very important place is a raw o' twa-storey rid-breek buildins, an' A'm thinkin' ye'll gie in that it's a fair-sized place whun A tell ye that the nummer o' my daur is savinteen hunner an' fifty-three. A think, noo, A hae nailt that lee, wie sum o' the ithers these boys hae bin tellin', tae the counter, an' A hope efter this A'll git peace tae pye attention tae ma ain business. But haud a wee! It strecks me at the minit that A furgot tae mention that at yin en' o' Clabber Raw stauns the Skillhoose, an' it wuz here that the carry-on that A hae jist noo mentioned tuk place. It wuz like this: The fowk in Clabber Raw, hearin' o' the wye A had bin hanniled at the Cooncil Hoose on the nicht o' pittin' in the denominatin' papers, got up tae a man o' thim in apin revolt agin Mister Milligen's deceeshun; an', heeded bae Alick M'Kie, Mr. Flatchir's heed carman, they tuk forcible perseeshun o' the Skillhoose, an' had whut they caw'd a great "demonichial meetin'." Fur my pert, A cannie say that A kent richt whut kine o' a meetin' this wuz; but as ye gaun on ye'll learn that A wuznie lang kept in the dark, an' A'm gled tae say that A wuz richt weel pleased wae the fowk o' Clabber Raw fur the menner they tain up my case. Chucky Mannersin, the buffer, cum tae oor daur an' telt me that A wuz wantit up at the Skillhoose at yince. Weel. Noo, wains, A'll gie ye ma wurd that A didnae want tae gaun near the place avaw, as a kent that there wuz mischief brewin', an' that the ithers that wud be fun aboot the place wud git intae mair ir less bother. Gidness knows, A hae hain ma share o' that fur the past wheen weeks back. But Chucky wud tak nae denial, an' catchin' me bae the erm, gied me tae unnerstaun' if A didnae cum o' ma ain free wull that he wud throw me across his shooder an' carry me there.

Short an' aw as ma aquantance tae Chucky is, A kent he wud dae as he say'd; so, tellin' Betty that A wuz wantit fur a wheen minits up at the Skillhoose, oot A steppit, an' it wuznae lang till me an' Chucky wuz at the Skillhoose daur.

When we got tae the place, A steppit aside tae let Chucky gaun in first; but, gittin' haud o' me bae the erm, he gien me a shove that nearly sent me on ma mooth an nose in the middle o' the room.

This, ye may be shair, tuk me back a bit; but, gittin' masel' studied up, an' lukin' roon, A wuz clean thunnerstruck tae see yon great big buildin' packed frae end tae end. This bae nae wyes wuz the wurst pert o' it, fur A had bin nae shiner pushed intae the room bae Chucky than the maist unmercifa cheerin' an' yells o' "platform" went up frae ivery pert o' the hoose.

Fur ma pert, A didnae think that the yells o' "platform" wur fur me; but Chucky wuz tae haun agin, an' gittin' me in his erms, oxtered me like a wain, an' sut me doon in a cushined erm-chair on the very foremaist pert o' the platform.

Noo, tae tell ye, fowk, that this kine o' treatment tae an auld man like me wuznae nice, pits the metter very mildly indeed. Hooiniver, here A wuz, forced tae cum, whuther A wud ir no'; an the questin maist uppermaist in ma mine wuz: Whut wuz A wantit an' forced tae cum here fur?

Weel, A wuznae lang kept in doot, fur A had hardly richt got settled whun Tam Mafeely, the aipple man, wha wuz on the platform tae, got tae his feet, an' spittin' oot a big lump o' tabaka he had in his mooth, "A purpose," sez he, "that Brither M'Kie taks the chair." "Awa an' bile yir kan, man," sez Manassis Mafeely; "this is no' a ludge meetin'. Pit forrit yir purposal in the richt wye, an' A'll second it."

"Niver mine him, Alick," sez Ramsay Shughan, the grocer, an' the maist importint man in Clabber Raw; "niver mine him; jist tak the chair, like a man, an' pit the metter tae bae conseeder'd afore the meetin' at yince."

Wains, if ye had heer'd the cheerin' whun Ramsay say'd this; an' a wheen o' boys in the middle o' the hoose coupit the form they wur sittin' on, an' the yells an' scrammils o' these chaps tae git tae their feet made the place mair like a mad-hoose than ocht else. The upshot o' it wuz that Alick tuk the chair, an' takin' a bunnel o' papers oot o' his pokit, it wuznae lang till he wuz on his feet. Then the cheerin' begood agin, an' A can ashair ye it wud hae din yir heart gid tae hae seen thon big, rid, roon, rumpled, smilin' face o' Alick's, wae his mooth stretched frae ear tae ear, showin' as gid a shoot o' teeth as iver dressed a budy's face. Heth, it's nae wunner Alick's fat an' sonsy, fur A cud weel believe that ocht that gits a chirt frae yon snappers gauns at yince tae the biggin' up o a gid constitution.

A'm shair it wuz fully twunty minits afore Alick cud mak hissel' heer'd; fur, atween the yells o' "Doon wae the Clique!" an' "Three cheers fur Wullie Gunyun an' the peerie patch!" it lukit as if nae business wuz likely tae bae din avaw.

Hooiniver, they tired thimsels oot at last, an' Alick gien his throat a bit clearin', "Men an' weemin," sez he, "A feel ye hae this nicht din me a great honour indeed bae makin' me chairman o' this big an' important getherin'."

"Nae doot ye aw weel ken that the abject o' this meetin' is tae mak a forcible objectin tae the treatment that oor gid frien' here, Wullie Gunyun, got at the Cooncil Hoose on the nicht o' pittin in the denominatin' papers, an' A'm here tae say that a mair rascally, outrageous, an' dirty bit o' wurk niver wuz heer'd tell o' in this ir ony ither toon.

"A hae," sez he, "bin makin' masel' aquant o' the objectins made agin Mister Gunyun's papers, an' A hae fun oot that atween Sergin Mawhannin, the landlord o' Clabber Raw, an' that notorious humbug, Wooley Menaight, his richt haun man an' billie, the biggest piece o' wire poohin' iver heer'd tell o' in aw the history o' man hiz bin perforated.

"Nae doot, fowk," sez Alick, "ye heer'd lang afore this that Sergin Mawhannin hiz fur sum while bak bin tryin' hard tae bae made a Jaw-Pee, an' as a unnerstan', it wud bae a big help tae him in gittin' this hannil tae his name if he had yince a sate at the Cooncil."

"That's a lee," yells oot Alick Maqueelin – "The Touch" – a budy that's no' aw there, an' wha gits his meat an' claes at the Sergin's hoose fur hurdin an lukin' efter Mawhannin's twa goats – "that's a lee, fur A ken o' ma ain knowin' that Mister Allen Annanias Adams wud hae made ma mester a judge if he had wantit it."

Wae that, up jumps Joannie Hanley, wha wuz sittin' aside "The Touch," an' gittin' him bae the scroof o' the neck, an' giein' him a shake the wye a dug wud dae wae a rat, "Listen tae me, ye whuttrick ye," sez he; "if ye as muckle as apin yer mooth tae say anither wurd A'll wipe the flair wie ye." An' wae that Joannie gies "The Touch" sickin a skelp on the side o' the heed that he went fleein' intae Nannie Marshill's lap. Mister M'Kie did his best tae try an' quaten Joannie; but no' yit, fur Hanley made a dive tae git anither dig at "The Touch," an' if it hadnie bin that Nannie an' Maqueelin fell unner the sate, A'm shair that blid wud hae bin spilt that nicht.

Weel, wains, efter this things got a wee bit mair settled like, an' Mister M'Kie, gittin the fowk tae gie him a hearin' tuk up the thread o' his discoorse agin. "As A wuz sayin'," continued Alick, "afore that gomeril kicked up that row, that it hiz cum tae ma knowledge that Sergin Mawhinnin, haein' designs on the sate fur Clabber Raw, an' kennin' weel that it wuz the mine o' the fowk here tae pit Mister Gunyun forrit, did yin o' the dirtiest tricks that man cud play on man tae purvent it; an' it wuz this: As ye aw weel know, Mawhannin sets aw his hooses at sae muckle a year, he (the Sergin) unnertakin' tae pye the raets. Weel, fur sum raisin best known tae himsel', the Sergin hiznae pyed yin fardin o' rates fur Clabber Raw this year; an' so, whun Mister Gunyun's denominatin papers wur pit in, Mister Milligan richtly gied oot that Wullie Gunyun cudnae stan', because he hadnae pyed his rates. Weel, wains," sez Alick, "A'm jist efter cumin bak frae England, whaur A hae bin fur twa ir three weeks, wurkin' hard on behalf o' the Conservative cause, an' A did, whun there, hae tae pit up wae lots o' unnerhaun daeins; but

A verily declare that this blaggerdly trick o' Mawhannin's fairly knocks thim aw intae a cockit hat. Noo, whut A wud purpose is, that a depitation o' the maist respectfa fowk here the nicht bae appointed tae wait on the Cooncil an demand o' Mister M'Kee, the rate collector, why he alloo'd Sergin Mawhannin's pyments tae slip bye. A ken Mister M'Kee tae bae an honourable man," sez Alick, "but A'm afeer'd that there's mair unner aw this than fresh air an' daylicht; an', if in order, A wud purpose the names o' Tam Mafeely, Ramsay Shughan, Chucky Mennersin, Joanny Boomer, Wullie Gunyun, an' masel bae appointed tae drap intae the Cooncil Hoose on their nixt nicht o' meetin', an' A'm shair Mister James Sevidge, oor newly elected chairman, wull see that fair play is din tae Wullie Gunyun an' the fowk o' Clabber Raw."

Chapter 22

A Big Nicht in Clabber Raw

A aftentimes wunner whun A'm gaun aboot in ma danners tae hear fowk talkin' aboot the toon bein' quate, an' aw that sort o' thing. Fur my pert, A cannie say that at ony time there's muckle quate-ness aboot Clabber Raw onywye; fur if it's no' a surree in the Skillhoose, ir a leevin' picture show in the geggie aside the Puddick's Plirt Brig, then it's a waddin' ir a christenin' perty at sum yin ir anither's hoose. Indeed, fowk, sin A cum tae the toon tae leeve, baith Betty an' masel' ir shair tae bae mixed up in sum carry-on ir ither; an' indeed A heerd Betty tellin' wee Miss Kirk the ither nicht, whun A cum hame a wheen minits efter alavin o'clock, that if things didnae change, an' if A didnae learn tae keep better oors, indeed, indeed, she wud bae forced tae brack up the hoose an' lay me awtagither.

Weel, wains, A had bin oot at the wurkin' men's club an the en' o' the raw on Monday nicht last wuz a week, whaur A had bin watchin' a wheen o' the boys davertin' thimsels wae three chainey baws an' lang pointed sticks, an' had jist tain aff ma shin, an' wuz pittin ma feet up tae the hab, whun in loupit wee Miss Kirk, wha had bin oot in a nighber hoose, laffin' aw iver her face, an' yellin' at the tap o' her voice "Mister Sevige's Meer! Mister Sevige's Meer!" "Gidness me, Wullie," sez Betty, wha had noo spaukin fur the furst time since A cum in, "what in the warl's wrang wae the wain avaw? Haud yir tongue, lass, this very minit," sez Betty; "onybuddy tae hear ye wud think ye had bin at the Cummer races, an' that ye had pit a wheen shillin' on sumbuddy ir ither's meer that had cum in a wunner.

Stap it this very minit," sez she, "an' dinnae let me again hear ye cum aff wae sickin slang, ir A'll mak ye pack up yir belangins an' sen' ye hame tae yir daddy afore ye ken whut yir aboot.

"That's a semple, A daur say," sez Betty, turnin' tae me, "o' whut that lass hiz bin learnin' since she begood keepin' company wae yon rid-heeded gommeril that ye brocht aboot the daurs, an' wha made sickin a fill o' ye at the election time."

Pair Miss Kirk lukit at me whaur A wuz sittin', an' A cud see the big saut tears trinnlin' doon her cheeks; an' efter giein' a big sab, "Did A say ocht wrang, Uncle Wullie?" sez she. "Niver heed her, dear," sez I, takin' haud o' her bae the haun; "yir Auntie Betty's in yin o' her tantrums; but aw the same, A cannie see that there wuz ony raisin fur ye makin' sickin a noise aboot Mister Savige's meer. Hiz the baste run aff?" sez I, "ir hiz it tain the heed staggers, that ye cum in here makin' sickin a wark aboot it?"

A wush wains, ye had seen the wee lassie's face whun A say'd this; an' giein her een a rub wae the bak o' her haun, "dae ye no unnerstan' whut A say?" sez she. "Whut A mean," sez Miss Kirk, "is that Mister Sevige is made the Meer o' the toon – the heed man o' Bangor – the Chairman o' the Toon Cooncil."

Feth, whun she say'd this A nearly tummiled aff ma sate, an' Betty drappit the kat aff her knee as if it had pit its claws in her. "Ir ye shair, lass, o' whut yir sayin'?" sez I. "It's as true as daith," sez she, "fur Mister Aleck M'Kie is jist this very minit cum intae Chucky Mennersin's, an' he says that Mister Sevige is elected newanimalsay, an' Aleck says that Clabber Raw fowk maun gie Mister Sevige an exception, jist tae show him their regard."

That wuz eneuch fur me; A up, an' oot, an' doon tae Chucky's hoose afore ye cud say beans, an' whun A steppit intae Chucky's kitchen, there sittin' roon the fire-side wuz Tam Mafeely, Ramsay Shughan, Mistress Mennersin, an' Chucky hissel'.

Mistress Mennersin wuz the furst tae notish me whun A

steppit in. "Yir jist the very man that these boys ir talkin' aboot. Here's a sate. Sit roon, Tam, an' let Mister Gunyun up tae the fire," sez she. "Man, bit we're aw gled tae see ye," sez Ramsay Shughan, "fur A wuz jist aboot gittin' tae ma feet tae gaun doon fur ye." "Weel, boys," sez I, "A think A hae a kine o' notion whut's in yir mines. A suppose ye want tae hae a bit talk aboot whut's tae bae din tae show Mister Sevige hoo plees'd we ir at the honour that's bin din him?"

"The very thing," sez Aleck M'Kie. "A'm shair," sez Aleck, "that there's no' a man, wummin, ir wain in Clabber Raw the nicht bit whut feels as prood at whut hiz bin din at the Cooncil Hoose as Mister Sevige is himsel', an' if it wuznae," sez Aleck, "that the nicht's sae far on, A wud ast Mister Gunyun here tae gie his consent tae aloo the Clabber Raw Fewt Ban' tae turn oot at yince."

Aleck had hardly the wurds oot o' his mooth whun in cums rinnin' wee Miss Kirk sayin' that the boys o' the ban' wur wantin' the keys o' the Lecture Haw tae git oot their instroomints. A gied Miss Kirk the keys A had in ma pokit, an' ye may be shair it wuznae lang till aw that wuz in Chucky's kitchen wur oot an' up tae the Skillhoose. Whun we got up as far as the Skillhoose daur, ye wud hae thocht that aw the men an' wee boys lined up ahint the men, wae auld tin cans an' biscuit boxes strung roon their necks; an' ye may be shair the noise made bae these hardy wee chaps wuznae cannie.

Weel, fowk, efter a time iverythin' wuz in readiness tae start; Joanny Boomer, the heed man o' the ban', gien the wurd "Herald Hoose," an' aff they aw startit, playin' "Sae earlie in the mornin'." Whun we got up as far as "Herald Hoose" the place wuz aw in darkness; but A'm thinkin' Mister Sevige got a gye bit start whun the boys circled roon the front an' begood peggin' awa at that gid auld tune caw'd "The Braes o' Tullynuit" fur aw they wur wurth.

This tune, A kent, wus a favourite o' Jimmy's, an' the music cud hardly mair than hae reached his ears whun he wuz oot o' bed an' at the upstair wunda. Whun Mister Sevige saw wha it wuz that had gether'd aboot his daur, it wuznae lang, A can ashair ye, till up went the wunda, an' oot pappit thon big, rid, lauchin' face o' his. Then the yells went up frae the boys fur a speech, but Aleck M'Kie, gaun forrit, spauk up sumthin' that ma ear didnae katch, an' it wuznae a crack till baith Mister Sevige an' his gid-wife wur dressed an' doon at the front daur.

Nae shinner had Mister Sevige an' the mistress cum tae the daur whun the fifin' stappit, an' the greatest pushin' an' scrammilin' ye iver saw tuk place tae git a shake o' Mister Sevige's big, hardy haun. A'm shair, wains, that Mister Sevige wuznae sorrie whun the haunshakin' wuz iver, an' efter he thankit the boys fur turnin' oot sae late at nicht tae dae him honour, sez he, "Men, A want ye tae aw gaun noo tae yir ain hames, fur ye ken ye aw hae tae git up early in the mornin' tae git tae yir wark, an' as A think that these wains (meanin' the boys wae the tin cans) wud bae better in their beds, A wud ast ye, as a favour, tae noo gaun hame like gid boys, an' as A hae tae ast Mister M'Kie here, an' ma auld freen' Wullie Gunyun, tae mak arrangemints fur a surree in Clabber Raw Skillhoose on Thursday nicht comin', A hope tae meet ye aw there tae thank ye in a mair practical menner fur the trouble ye aw hae tain tae honour me the wye ye hae din this nicht." Whun Mister Sevige say'd this, oot steppit Joanny Boomer, an' takin' his cap in his haun, yelled at the tap o' his voice fur three cheers fur the Meer o' Bangor. Noo, fowk, A neednae, a'm shair, tell ye that Clabber Raw was a thrang place fur the nixt wheen days. The Skillmester gied the wains a week's holidays, an' he an' a wheen o' the weemin o' the Raw set aboot tidyin' an' decoratin the Skillhoose wae flegs an' flooirs, an' ivery leevin' cratur in ir aboot Clabber Raw wuz sent a kerd tae purtak o' Mister Sevige's hospitality at the surree in Clabber

Raw Skillhoose on Thursday nicht. At last the big nicht cum roon, an' lang afore savin o'clock iverybuddy wus sated at nicely laid oot tables, wae the best o' iverythin' that Mister Ramsay Shughan, the grawcir, cud purvide. Betty an' me an' a wheen ithers wur telt tae wait at the daur tae escort Mister Sevige an' his gidwife tae the heed o' the hoose whun they cum'd in.

Weel, we hadnie lang tae wait, fur Mister Sevige, punctual in this unner-takin', as he is in everythin' else, was sherp tae the minit, an' whun A got Mistress Sevige bae the erm an' Mister Sedge tuk Betty's, it wuznae lang till we wur sated in the places pointed oot bae Mister M'Kie. Sum yin at the bottom o' the room yell'd oot fur cheers fur the Meer an' his mistress, an' A declare tae ye A thocht the yells o' the fowk wud hae brocht the slates doon aboot oor lugs.

Hooaniver, things shin quatined, fur the craturs wur hungry, an' wantit tae git at the gid things sittin' on the tables afore thim; an' Mister Sevige richtly seein' this, as he sees iverythin' else, gied the word fur the tay tae be brocht in, an' ye may be shair the boys wae the bress kettles wurnae lang daein' as they wur bid. Weel, noo, A neednae tire ye, as weel as mak yer teeth water, bae sayin' ocht o' the buns an' haw-breed that wus pit oot o' sicht. Iverybuddy in the room got aw they cud eat an' whut they cud pokit, an' although ordirs had bin gien tae Mister Shughan tae purvide plenty, there wuznae as muckle as a corn ir a raisin left; an' fur the tay, A saw wae ma ain een mair than yin chap fill the bottles they brocht in their pokits tae tak hame wae thim. Indeed, A wuz ashamed o' mair than yin o' them an' their dirty daeins.

A notished Tam Mafeely, the aipple-man, drunk nae less than savinteen o' thon big cups o' tay; an' that wuznae aw, fur whun he thocht naebuddy wuz notishin', A seen him liftin the tay-kettles an emptyin' thim intae a fower-quart kan he had sittin' atween his feet. Weel, nae metter; as A say'd afore, iverybuddy got mair than they cud eat an' drink, an' tae luk roon yon tables, an' see the plees'd faces, an' abin aw Mister Sevige smilin' aw iver, wuz a thing no' tae be furgottin fur a while. Efter a time Mister Sevige gied orders fur the oranges an' aipples tae be brocht forrit; an' whun the boys an lasses begood throwin' the orange peelins at yin anither, Mister Sevige gied the bell (that had bin pit nixt his haun bae the Skillmester) sickin a jingle that A begood tae think that he wuz gittin' angry wae the carry-on.

Hooaniver, whun things got quatined doon efter the jingle o' the bell, Mister Sevige got tae his feet, an' sez he, "Fowk, A hope ye aw hae had eneuch tae eat an' drink, an' as the nicht's gaun roon faster than A thocht, A wud like if ye wud gie me yir attention fur a minit ir twa, as A wud like tae say a wheen words."

Noo, Mister Editor, A think A hae gied ye eneuch fur this week, an' A'll try an' gie ye sum o' the speeches that wur made in the Skillhoose on the nicht o' the surree gied by Mister Sevige, the Meer o' Bangor, tae his weelwushers in Clabber Raw.

Friday 10 February 1911

A BIG NICHT IN CLABBER RAW

(Continued)

A'm shair it wuz fully twunty minits whun Mr. Sevige say'd he wud like tae address a wheen wurds tae the meetin', afore he got the chance o' apenin' his mooth; fur wae the yellin' an' cheerin' fur the Meer an' his gid-wife, an' the clappin' o' hans, an' the champin' o' feet, it wuz eneuch tae pit yin's heed wrang.

At lang an' last the fowk settled doon tae hear Mister Sevige, an' he had jist got his leg cockit up on his chair, the wye, A'm shair, ye hae afen notished he diz whun he's aboot tae git in yin o' his hard hits whun in the Cooncil Room, an' had jist apined his mooth tae speak, whun Mistress Mennersin's savin weeks auld wain, that she had brocht wae her, let oot the terriblest yell, as if aw the pins in the toon had bin stuck intae it.

A wuz sittin' as A say'd afore, at the tap o' the table, nixt tae Mister Sevige, an' Chucky an' the wife wur sittin' a gid piece doon the hoose; but fur aw that A cud hear Chucky ivery noo an' then sayin' – "Gie the wain its soother, wummin; gie the wain its soother." Pair Mistress Mennersin, A cud richtly see, wuz in a bad wye, an' she kept dannlin` the wain up an' doon tae her bosom, an' kept sayin', "Did the nesty noise scaur my ain wee pookins; did it, darlin? Jist haud 'im's tongue, like mammies ain wee pookins, an' mammie'll bate him fur makin' the nesty noice." The room at this time bein' quate, Mistress Mennersin cud be heerd talkin' tae the wain aw iver the hoose; an' A cud see a gid wheen o' the yunger weemin, furbye some o' the aulder yins, stuffin' their hankies intae their mooths tae keep thim frae brustin' oot laffin'. This didnae please Chucky, A can tell ye; an' scowlin' like a bear wae a thorn in its fit, he turned tae the mistress, an' sez he, "If ye dinnae this very minit stap that fill talk, an' gie the wain its soother, A'll git ma hat an' lay ye whaur ye sit."

The pair cratur wuz sae pit aboot at this, an' her face got sae rid. that fur a minit ir twa A verily did think that the blid had tain her heed. Hooaniver, at last she fun her tongue, an' let Chucky tak whut he got fur aboot ten minits afore aw thon folk. Weel, weel, it's a lang droot whun it's aye dry, an' in a wheen minits things simmer'd doon, an' Mistress Mennersin managed tae git the wain intae a doze. Aw this time Mister Sevige wuz on his feet, an' notishing that aw wur waitin' tae hear him, gied a wee bit smile at me, an' sez he, "Wullie boy, that yin's (meanin' the wain) no' feer'd tae let itsel' be heerd at the meetin' onywye." "Weel, weel," sez I, "A suppose we hae aw bin wains at yin time ir anither, an' A'm shair, if the truth wuz telt, we wurnie a bit better than we ocht tae hae bin."

"Noo, fowk," sez Mister Sevige, "we maun git tae business, an' A need hardly tell ye that baith me an' the mistress ir mair than pleesed tae see sae mony weel-wushers here the nicht. Whun ye honoured me bae turnin' oot wae the Clabber Raw Ban' the ither nicht, A thocht in ma ain mine at the time that A shud show ye that A tain yir gid wushes tae heart.

"Weel, noo fowk, as the auld sayin' gauns, 'Some achieve greatness. an' some hae greatness thrust upon thim,' an' fur ma pert, A'm thinkin' that A'm yin o' the boys that cums unner the second pert o' that auld sayin'." A wush ye had heerd the noise whun Mister Sevige say'd this, an' the yells o' "No!" an' "Yir the best man at the Baird: an' Alick M'Kie jumpit tae his feet an' yell'd oot: "On a point o' order, sir, A ast ye tae withdraw that statemint. Had ye no'," sez Alick, "bin the only man fit tae keep the boys in order, an' proved yirsel' a man abin the common, ye wudnae hae got the honour; therefore A howl ye hae achieved greatness; an' whut's mair, ye ir the only man in the Cooncil that's fit tae fill the chair wae dignity an' experience." Wains, dear, whun Alick say'd this A thocht the fowk wur gaun tae go crackit awtagither, an' whun A lukit at Betty, whaur she sut, A wuz minded o' the luk she had on her face that nicht at Tammy Kaig's dance whun A ast her tae bae Mistress Gunyun. Hooiniver, whut Alick say'd didnae seem tae pit Mister Savige muckle aboot, fur, jist takin' doon the yin leg aff the chair an' pittin' the ither yin up, "Weel, weel," sez he, "amang ye bae it; but, men, A wud," sez he, "hae ye tae unnerstan' that A dae not luk on the metter as a personal honour avaw. A am," sez he, "whut is caw'd the wurkin'-man's representative at the Baird, an'

A howl that ony honour that hiz bin din tae yir representative is a personal honour tae each an ivery wurkin-man, wummin, an' wain in Clabber Raw. The boys o' the Cooncil," sez he, "hae at last cum tae unnerstan' that the wurkin'-man is a po'er tae be reckin'd wae; an' as things turned oot at the last election, the wurkin'-man hiz shown that he's jist maybe no' as big a fill as he luks. The wurkin'-man," sez Mister Sevige, "maybe diznae say muckle, but A can tell the Cooncillers o' the Bangor Baird that these same wurkin' chaps can dae a gid dale at the thinkin'; an' feth, if things disnae gaun tae his pleesmint, he's no' ahin haun whun the election time cums roon. Weel, boys, we hae at last got a pertly workin' man's Cooncil, an' A can ashair ye that naythir James nir Erchie Tamsin nir masel', furbye them twa stalwirts, Tammy Wulson an' Sam Kelly, wull sit yonnir in thon Baird Room withoot seein' that the wurkin' man's interests in the toon ir attended tae richt, ir rest ashaired we'll ken whut fur no'. An' noo, fowk, as A unnerstaun that baith Mister M'Kie an' Mister Gunyun hae a wurd ir twa tae say tae ye, A'll jist sit doon bae thankin' ye, yin an' aw, on behalf o' ma gidwife an' femily, fur yir kineness an' gid wushes."

Wae that, up jumpit the Skilmester, an' giein' his haun a bit wag, up got ivery man in the room tae his feet. an' begood singin' "Fur he's a jolly gid fella," an' whun the singin' wuz iver, Ramsay Shughan cried oot, "Three cheers fur the Meer," an' A'm telt that the cheerin' cud be heerd at the tap o' Cockle Hill, an' A think that's sayin' sumthin'.

Weel, noo, whun things settled doon agin, Mister Sevige got up frae his sate an' say'd that it gied him great pleeshir indeed tae call on Mister Alick M'Kie: an' dae ye ken whut it is, wains, that although A kent richtly ma turn cum'd nixt, an' that A wuz sittin' wae the cowl sweet rinnin' doon ma back, A cudnae help clappin' an' cheerin' wae the rest whun Alick got tae his feet. Alick's whut ye micht caw a polished speaker, an' dae ye know, it's no' tae bae wunner'd at, fur cud ocht else but polished wurds cum oot frae ahint yon twa big rid polished cheeks o' his? An' giein' his mooth a rub wae the sleeve o' his coat, "Mister Meer an' fowk o' Clabber Raw," sez Alick, "whun A luk roon me it brings bak thochts o' ma campaignin' days in England, whun it wuz ma prood privilege tae represent Ulster an' uphold the banner o' freedom afore the men o' South London an' Essex, but at nae time did ma heart bate wae greater pleasure than the nicht, an' whun A think that we hae cum here the nicht tae dae honur tae a man wha, though he may be a wurkin' man, as ivery inch o' him yin o' nature's gentilmen, men an' weemin," sez Alick, pointin' tae Mister Sevige, "there sits a man wha is no' ashamed tae stan' up fur the wurkin man. In him we hae an exemple o' whut the wurkin' man cud achieve, wur it no' fur the po'er o' Mammon. Tae whut high place cud Mister Sevige no' attain were he gittin' his just richts? In him we hae aw that gauns tae the makin' o' a leader o' the people, a liberator o' the wurkin' class frae the thraldom o' tyranny, an' a legislator o' oor ain, oor native land: an' tak it frae me, fowk, jist afore A left London, whun the election wuz iver, Mister Mitchell-Tamsin drappit in whaur A wuz stayin', an' sez he, 'Mister M'Kie, A hae a sacrit that A railly maun tell ye, an' it's this: The Conservative Club hae bin mentionin' the name o' Mister Sevige o' your toon as the offishil candidate whun A git ma appointment in the nixt Cabinet; an' whun ye gaun hame, jist gie him a hint o' whut A'm tellin' ye, an' pit him on his gerd.' An' noo," sez Alick, "as A hae fulfilled that mission, an' knowin' weel that ye ir aw deein' tae hear ma auld frien' Wullie Gunyun, A wull say nae mair than purposin' oor very best thanks tae Mister Sevige fur his kindness in intertainin' us here the nicht, an' that the magic "jaw pee" that he noo pits ahint his name may be shin outshone bae the mair michty mark o' "em-pee."

Weel, noo, fowk, A thocht the cheerin' whun Mister Sevige

had din wuz bad, but heth these last wurds o' Alick's fairly turned the place intae a bear gerdin, an' it wuz sum time afore Mister Sevige, wae aw his bellringin', cud git quateness avaw. Noo, thinks A, Wullie, boy, ye'd better pooh yirsel' thegither, fur it's your time noo. An' these thochts wur hardly richt gethered whun Mister Sevige got up an' say'd he had great pleesure indeed tae caw on Mister Wullie Gunyun. Weel, wains, as A had a gid dale tae say that nicht, an' as A ken it wud tak ower muckle o' yir time tae gaun through it aw wae me the noo, micht A ast ye jist tae bae shair an' git yir "Herald" nixt week, an' hear whut wuz say'd aboot Mister Sevige bae his auld frien' an' weel-wusher, WULLIE GUNYUN.

Friday 17 February 1911

A BIG NICHT IN CLABBER RAW

(CONTINUED, II.)

A think, wains, A niver wull furget as lang as A leeve that nicht in the Skillhoose in Clabber Raw.

A suppose A wud hae enjoyed the fun an' divershun weel eneuch had it no' bin that A kent that it wuz expected o' me tae hae sumthin' tae dae in the speech-makin'.

Fur my pert, A niver wuz whut ye wud caw muckle o' a speaker at ony time, at a public meetin' ir in ma ain hoose, an' A think Betty wull beer me oot in that.

Hooiniver, Ramsay Shughan had got me tae promise tae say a wheen wurds whun A wud be secondin' Mister M'Kie's vote o' thanks tae the Meer fur his gidness in purvidin' the nicht's entertainment. But what wuz A tae say? That wuz ma bother.

Weel, noo, A had promised Ramsay, an' A'm no' the boy tae gaun bak on ma wurd: so up A gits; but whun A lukit roon an' saw aw thon faces glowerin' at me, A felt clean dumfooner'd awtagither.

Fur sum unaccoontible raisin ma tongue begood tae swall, an' A had the feelin' that it wuz gittin' owre big fur ma mooth: an' furbye, ma throat got sae hard an' dry wise that A felt liken tae choke, an' fur a wheen minits it wuz as muckle as A cud dae tae swalla ma ain spittle.

Richtly A cud see weel eneuch that the fowk wur waitin' tae hear whut A wuz gaun tae say: but no' yin word cud A fur the life o' me git oot avaw. A begood tae feel as if the flair wuz slippin' awa frae unner ma feet. an' gittin' haud o' the table tae study masel', A notished fur the first time a big gless bowl o' water wae floors in it sittin' in the middle o' the table furnensed me.

A made a dab at the bowl, an' pittin the floors oot on the table, lifted the gless tae ma mooth, an' wuz jist aboot tae tak a sowp o' the water, whun Betty gied the tail o' ma coat sickin a pooh that the bowl went clean iver ma heed, an' ivery drap o' water that wuz in it trickled doom atween me an' the breest o' ma best white Sunday shirt. Ye may be shair that this mishap didnae gaun tae mak me feel very comfortable. There A wuz, drookit, an' whut taste o' hair A had on ma heed soakit, ma hail buddy wat an' damp aw iver, but yit ma tongue bleezin' an' liken tae brust. Nir yit wuz this the worst pert o' my mishap. fur whun A turned tae see whut it wuz that had nearly pit me aff ma feet, there sut Betty haddin' up the tail o' ma coat, that had cum awa in her hauns, luckin' mair like a scar-craw in a pritta fiel' than ocht else. But efter aw, isn't that jist the wye o' the warl'? Did onybuddy iver ken misfortune tae cum single-haun'd? An' had it no' bin that wee Miss Kirk, wha aye seeminly kens whut tae dae at the richt minit, cums forrit tae whaur A wuz stannin' an' takin' oot her pokit-hanky, dried ma heed an' face, an' then, gettin' a wheen o' pins, she had the tail fixed on ma coat, till A declare ye cud hardly hae notished that ony mishap avaw had happin'd. Sumhoo ir anither A'm yin o' them kine o' fowk that aye seem tae git the better o' things whun in a ticht place; an' kennin' weel that a wheen o' the yungir yins wur richtly pleased at ma mishap, A jist gethered masel' thegither, an' afore A kent whaur A wuz, begood bae sayin': "Mister Meer. A hae bin ast tae second the vote o' thanks sae very weel pit forrit bae ma gid frien' Alick M'Kie, but afore A dae that, A wud like jist tae menshun hoo pleased A em tae see ye sittin' there at the heed o' the table as Meer o' Bangor; but whun A think o' sum o' yer daeins in yir earlier days, it ashairedly diz mak me wunner if it's possible ye can be yin an' the same buddy avaw.

"Tae luk at ye sittin' there, sur, yin wud think butter wudnie melt in yir mooth; but heth A ken better, an' if ye ir tamed doon a bit, A think, sur, the credit o' the refermashun maun gaun tae yir gidwife that sits aside ye.

"Cud ony yin, lukkin' at ye as ye sit there sae manly an' settled like, think fur yin minit that ye wur the boy that tied Tammy Rabsan's sin tae yir kite string, an' had it no bin that the wee boy got stuck in the hedge rinnin' alang the bottom o' the fiel', A verily believe the wain wud niver again bin heerd tell o'?

"There's nae doot, sur, ye wur a very tricky wee boy, an' it's masel' that hiz ivery richt tae say it; fur had A no' bin tae haun whun ye wur carryin' oot yir experiments, A'm afeerd we wud hae bin haein' a veesit o' the big Newton doctor tae haud a croonir's coort.

"But a maun tell oor friens o' this carry on. Oor Meer, here, wantin' sumthin' in the shape o' sport oot o' the ordinary, dug a hole about fower feet deep in yin o' his Uncle Alec's fiels — the hole, a maun tell ye, wuz aboot fower feet lang an' aboot three feet wide. This hole oor frien' here filt up wae water, an' gittin' a wheen thin thorn sticks, laid thim across the shough, an' these in turn he covers iver wae thin gress scraws. Noo, haein' aw things in readiness, awa he gauns fur his cronies, an' markin' aff whut wuz caw'd a trig, challenged the boys tae jump tae a certain merk. The first chap tae tak up the challenge wuz a nice wee mennerly fella that wuz stappin fur a wheen days up at Tammy Kaig's, o' the Knowe Heed. But afore A gaun any farder, A maun tell ye that this boy wuz a very trig, weel-dressed wee chap, wearin' a very boney broon velvit shute, batent bits, an' cuffs an' collar tae match. Whun the wee fella unnertuk tae jimp, it wuznie lang till Jimmy here had the boy fixed at the trig, an' coontin' – Yin, twa, three, aff! the wee chap loupit, tae fin, whun his feet touched the sod, that, insteed o' hittin' hard grun, he wuz sinkin' intae aboot fower feet deep o' water. As a say'd afore, had it no' bin that A wuz tae haun, bad wark wud hae bin din that day. A had bin on ma wye tae the moss fur a load o' coomb, an' hearin' the boys aw yellin', A jumpit the dyke, an' wuz jist in time tae catch haud o' the wee boy's legs as they begood tae slip doon unnir the water's lip. Efter aw, it wuz jist a boy's thochtless prank, an' naethin' else. But it wuznae a great time efter this till A seen wae ma ain een a thing that Mister Sevige here din in Bangor that gauns tae mak up fur a gid dale o' his misdaeins. A had bin in Bangor sellin' peats, an' wuz jist passin' the Puddick's Plirt on ma wye hame. A notished a wheen boys sailin' their wee boats, an' A cud not help stappin' tae watch thim at their divershun. Yin fine rigged yin A thocht in ma ain wye wus daein' very big wark, an' jist whun the wee model was aboot half-wye across the Plirt, sum ill-natir'd boy pickit up a stain an' clippit the mast clean oot o' her. It wuznie lang till the water, gittin' in bae the mast hole, begood tae tell, an' afore lang the wee chap that owned the boat begood roarin' oot in a heart-brackin' wye that his yacht wus sinkin'; but heth, it wuznie a crack till yin o' the boys – wha turned oot tae bae oor frien' Mister Sevige – wuz strippit an' intae the water an' soomin' awa like a retrievin' dug, an' had the boat landed an' in the wee owner's hauns in less time than it taks me tae tell it."

Whun A say'd this, A wush ye had heerd the cheerin' o' the boys in the Skillhoose; indeed, it did ma auld heart gid, an' whun they had din A cudnie help astin fur jist anither volley tae keep the ithers company.

Weel, A begood tae think that maybe A had tain up as muckle time as A shud dae, an' astin Mister Sevige no' tae bae angry at ocht A had say'd, as it wuz far outside ma common tae wush him ony hurt, A jist stappit bae secondin' Mister M'Kie's perposal, an' wushed Mister Sevige, his gid-wife an' family lang life an' prosperity. Gidness me, fowk, if ye had heerd the yellin' an' cheerin' whun A say'd this; an' atween the yellin' A heerd sumyin say that "Wullie's the boy tae speak his mine"; but aw the same A had a feelin' that maybie A had say'd ower muckle. Hooiniver, A wuz shin pit tae rest on that pint whun the Meer got tae his feet, an' laffin aw iver his face, say'd that he had bin tryin' tae pose as a model Bangorian, but he wuz afeer'd that his auld frien' Mister Gunyun had let the kat oot o' the bag; "but seein' as the nicht's gittin' on, an' as A hae afore me here a weel filt programme, A purpose that we git a start tae it at yince."

Weel, noo, wains, A haenie time tae tell ye o' aw the things that tain place, but A can not let the chance gaun bye withoot speakin' o' a dance gien bae a boy caw'd Joe Stewart; an' heth, the wye yon boy cud hannil his feet wuz worth while gaun a gid piece tae see. Then we had a bit o' davershun frae a Bilfast man caw'd Dickson, wha had yin o' thim talkin' dolls ye maybe hae seen doon at the quay in Bangor in the simmer; an' dae ye ken whut it is, wains, the antics o' thon man an' his wee doll wuz sumthin' owre ocht. Nixt we had a duet bae twa bricht-lukkin' boys caw'd Skelton an' Pettersin, but A think whun Bab

Morrow tried tae dae a cake walk that the nicht's sport reached aboot its croonin' point. Bae this time the fowk begood tae git mair ir less tired, an' as the Meer cud see that the weemin wur wantin' tae git hame tae pit the wains tae their beds, up he gits, an' thankin' aw fur their gid behaviour an' kine wushes, telt us aw tae gaun hame quately, an' tae bae shair, whun the time cum roon again, tae hae things in order fur pittin' his gid frien' Wullie Gunyun forrit as the Cooncillor fur the noo far-famed place caw'd Clabber Raw.

Chapter 23

Setterday efternin in Clabber Raw

A think yin o' the sichts o' Bangor in the wunter is Clabber Raw on a Seterday nicht, an' shud ye bae ony chance bae stayin' in the toon fur the week-en', my advise tae ye is, bae shair an' lay oot yir accoonts tae gie a while o' an efternin an' gie the Raw a veeset. Sumhoo ir anither A aye hae a feelin' that there is sumthin' o' the auld warl' time aboot Clabber Raw. Whut A mean is that, fur aw the improvemints aboot the toon, Clabber Raw seems tae haud on ticht tae the wyes an' mennirs o' aboot savinty years ago. Weel, what else cud bae expectit? fur is it no' in an' aboot Clabber Raw that maist o' the auld residentirs furgether? an' whit mair cud bae lukkit fur than that these auld-time fowk wud bae mair ir less pershil tae auld-time wyes?

Noo, as A ken weel that the quality in the East an' West en' pert o' the toon know little ir naethin' aboot this bit o' Bangor, wud A bae astin oor muckle tae gie me yir attenshin fur a wheen minits, an' A'll try an' pictire afore yir een Clabber Raw as seen bae me nae later than on last Seterday nicht.

Betty hadnie bin oot o' the hoose since the nicht o' Mister Sevige's surree, an' as A dinnae beleeve in auld fowk stappin' owre muckle aboot the daurs, a' telt baith Betty an' Miss Kirk tae dicht thimsels up an' cum oot fur a bit rammil alang the Raw, an' maybe it wud lift their speerits.

Miss Kirk, A cud see weel, was wullin' eneuch; but Betty begood complainin' o' her rum-tums, an' say'd that she thocht it wus mair than she daur dae tae think o' sickin a thing. Hooaniver, Miss Kirk managed tae git Betty tae consent, an' afore lang

A seen the cratur takin' aff her wullin hoose cap, an' fixin' at what taste o' hair that's left on her heed. The nicht was fine, an it wuz aboot savin whun we steppit intae the street. A got haud o' Betty on yin side an' Miss Kirk the ither. an' afore lang we wur doon at the Puddick's Plirt Brig, in the very thick o' the thrang o' yung an' auld that hed gethered frae aw erts an' perts o' Clabber Raw. An' whut a happy lot o' budys these fowk wur! The stoot bats o' healthy-lukkin' lasses, wae their blue shaws nicely fixed aroon their shoothers, an' stripet skirts streckin' a weethin' alow the knee gaun aboot in twas an' threes, wuz railly a picter tae luk at; an' the boys, rid an' hardy-lukkin', in their sleeve waistcoats an' moleskin breeks – the legs poohed up an' strappit aboot the knee, tae show the rid an' green strippit socks peepin' abin the bit mooth. Sum o' the boys, A notished, appearinly wur at loss fur the socks. an' tae mak up the defeec-iency had the bit mooth weel stuffit wae fine, clean meeda hie. Tae watch these young fowk davertin' thimsels as they walkit up an' doon the raw wuz a rale treat, an' tae hear the craturs gid natir'dly jokin an' gibbin' as their perties passed show'd that their speerits hadnie as yit felt the wecht o' this warl's cares an' responsibilities. Sittin' on the brig wa' a wheen o' the auld boys wur cockit; sum chowin' tabaka, an' ithers suckin' awa at weel-saisin'd cutty pipes that wur as blak as yir hat; an' as oor perty cum'd forrit, Wullie Mahaw howpilt doon frae whaur he wuz sittin', an' gittin' Betty bae the haun, say'd he wuz rale gled tae see that she was able tae bae aboot agin. Efter passin' a wheen wurds wae sum o' the ither chaps that wur sittin' on the brig copein', we wur jist aboot gaun on, whun Alec McQueelin, better kent as "The Touch," cum forrit tae wee Miss Kirk an' gied her a dirty scrap o' paper, an' telt her that he had bin on the luk oot fur her fur a gid while bak, as he say'd he had promised the rid-heeded chap tae slip her the note unknown'st tae Betty ir me at the very first chance.

A notish'd Betty gied the wee bit lass a terrible soor luk; she didnae say ocht, but Miss Kirk's face bleezed up, an' A cud richtly see the wee buddy wuznie feelin' very weel pleased wae the cuteness o' "The Touch." Hooaniver, biddin' the men on the brig the time o' nicht, we pass'd on, an' in a short time wur in front o' the "Geggie." A wantit Betty tae gaun an' see the play, but she wudnie gie in tae this; sae on we went, till we cum'd tae whaur "Penny a Yerd" wuz stannin' on a creepy-still an' jokin' the boys he'd gether'd roon till aw wuz nae mair. Betty bocht a yerd o' his brass chain, jist, as she say'd, tae hansil the cratur. A wush ye'd heer'd "Penny a Yerd" whun Betty went forrit for her pennyworth o' chain! He begood lacturin' the boys aboot him, an' miscaw'd them fur everythin' that wuz low an' mean fur allooin' him tae hae tae depend fur his leevin' on the weem-infowk. Hooaniver, he rowl'd up Betty's chain, an' handin' it tae her, wushed her lang life, a happy waddin', an' a big femily, furbye sayin' a gid muny ither things that maybe wudnie luk weel in prent, an' made us gled tae git awa frae amang the happy, lauchin' lot o' boys gether'd aboot him.

We hadnie gaun mair than a dizen yerds till we cum across "Whustlin' Rab," wha wuz fifin' an' blowin' awa at his wee hapinny tin whustle as if he wur liken tae brust his cheeks. Pair Rob! A mine whun times wur better wae him. Nae doot the cratur hiz had a terrible doon-cum, an' it wud bae hard fur a stranger tae imagine that yon wee, dried-up, blin', warslin' cratur wuz at yin time the leeder o' the Newton Meleeshie Ban'; but sich is the case, an' pair Rab is noo gled tae mak a wheen bawbees wae a tin whustle o' a Seterday efternin in Clabber Raw. Baith Betty an' me weel mines the time whun Rab wuz the greatest dandy in Newton, an' whun he turn'd oot in his Meleeshie rig a finer-lukkin' boy ye cudnie hae got. Rab at that time was in great demand among the Newton quality, an' nae getherin' o' ony consequence wuz thocht richt if Rab didnae gaun tae mak yin o' the company. Hooaniver, as A say'd afore, here he wus, daein' his best tae mak a wheen coppers; an' ye may be shair Betty didnae pass withoot poohin' oot her purse an' gaein' the cratur a sumthin' tae help tae pye his bed, an' A cud hear her tellin' him whun she went forrit "tae bae shair an' drop in afore gaun hame an' she wud hae a bowl o' tay an a roon o' weel home-made buttered breed ready waitin' on him." Whun we left Rab we pushed on tae whaur there wuz a raw o' nicely painted borrows; aw lukkit efter bae sum gutter merchant o' Clabber Raw. There wuz Tam Mafeely the aipple man sellin' aipples at a penny a pun, ir thrupince the quarter-a-stane, an Sam Makinn the Auld Claes man wha cud rig ye oot as he say'd fit tae glamour the best lukkin lass in the Raw fur twa an echtpince ha'pinny. A didnae richt unnerstaun at the time hoo it wuz that Sam aye had a ha'pinny in aw his prices; but Jamey Boomer wha A had mentioned the metter tae, telt me that Liza (that is Makinn's guidwife) pit the prices on awe the duds, an that Sam aye teckit on the extra ha'pinny so that he cud hae somethin' tae himsel tae rise the wun if needs be. Notishin' Chucky Mennersin the "Sweetie Man" had his bor-row oot amang the rest A nudged Betty wae ma elbow an sez I, "Cum lass it's no ivery day that A hae ye an Miss Kirk oot fur a rin – cum on doon here as far as Chucky's kert an A'll stan'. Betty telt me tae bae carefa an no be spennin owre muckle o' ma money. A telt Betty jest tae lay that tae me an gaun forrit tae Chucky an ast him hoo he wuz. Sez I, "Chucky, boy, it's no ivery nicht A hae ma lass an Miss Kirk oot fur a spree an as A want tae mak the nicht pleesint fur the buddies, wud ye bae gid eneuch tae gie them hap'orths apiece o' "yella-man." A wush wains ye had seen Betty's face whun A say'd this. The luk she gied Miss Kirk whun "The Touch" handed her the rid-heeded boy's bit o' dirty paper wuznie in it – an fur a minit or twa A begood tae think that she hadnie richt heerd whut A had say'd tae Chucky Mennersin; but heth A wuznie lang kept in doot fur Betty turnin tae me "dae ye think, sur" says she, "that A'm a wain tae want ony o' that yella dirt. Jist let Chucky." sez she, "keep his candy, an you, sur, can keep yir ha'pinny an bae like Sam Makinn, rise the wun wae it." That wuz eneuch. Tae bae poohed up bae Betty as A wuz afore Chucky, wuz bad eneuch but tae bae likened tae a budy like Sam wuz jist mair than A wuz ready tae thole, an thinkin' that maybe Betty wuz gettin tired tried tae smooth metters bae sayin' that A thocht it wis aboot time we were turnin' oor steps hamewards.

Whun nearin' oor hoose, A bethocht masel o' an appintment A had made a wheen nichts afore, an tellin' Miss Kirk tae push on hame wae Betty turned intae the "Dug's Hame" (as the readin' room is cawd) tae hae a talk wae wee Mister Fagan an the Meer, aboot the layin' oot o a wheen gas lamps in Clabber Raw.

Chapter 24

Wullie Gunyun an' the Doodrim Skirt

A wunner wains hae ony o' ye seen the Doodrim Skirt? A hae seen sum quare things in the shape o' weemin's gear in ma time, but fur my pert A think that this last contrivance brocht, as A unnerstaun frae that puddick eatin' place caw'd Paris, fairly taks the bap. A mine weel the time the crinoline wuz first seen in oor country-side. A wuznae muckle mair than a lump o' a boy at the time, but A wuz owl eneuch tae hae ma ain notion aboot things, an' mony a gid lauch A had watchin' the antics o' the lasses tryin' tae keep their loops in ordir. It wuz nae unusual thing in them days tae see a wumin o' fashion gaun alang the streets wae twa stoot bats o boys runnin' efter her like weel train't lap dugs, wha's duty it wuz tae report aw wuz weel wae her crinoline. A mine o' a very funny thing that hapin'd tae a great swall o' a wumin in our toonlan', aw through her crinoline. Yin o' the quality in oor nighberhood wuz giein' a dance, an' tae bae shair iverybudy that wuz ocht avaw wuz invited. Ocht in the natir o' a ball aye caused a big stir amang its young yins, an' A can ashair ye it wud hae tain mair than breed an' trackle tae hae kept us aboot oor ain daur when their wuz ony chance o sport, let it bae near ir far. Weel, if coorse, A wuz amang the rest o' the boys that wur gethered ootside the dancin' hoose, watchin' the gentry comin' in their carriages, an' giein' a bit help here an' there whaur A thocht an odd copper wuz liken tae change hauns. A had tain yin gentleman's horse roon tae the stable, an' had foregether'd wae the rest o' the boys at the front o' the hoose, whun a carriage an' pair cums dashin' up in great style. As shin as the carriage drew up at the porch yin o' the flunkies jumps doon an' apins the carriage daur. We wur aw streetchin' oor necks like a lot o' crans takin' a moonlicht flit tae see wha wuz the important buddy that had cum forrit in sickin' style. We cud hear a terrible bit o' rummlin' gaun on inside the carriage, but nae sign o' ony yin cumin' oot. Ivery noo an' then a wumin's voice wud say, "Jeems! what am I tae dae, A cannie git oot." This caused nae en' o' fun amang us chaps that wur aboot, an' yin boy, A mine weel, yell'd: "If ye like, mem, A'll gaun hame an' bring a pair o plooin' rines an' a wheen o' us here ill shin pooh ye oot." There wuz a gid bit o' whusperin' atween the wumin in the carriage an' the flunky, an' efter sum time this boy went intae the hoose an' brocht oot twa ir three o' the servant lassis. Whutiver wuz wrung wae the wumin in the carriage, we that wur stanin' bye cudnie richt see; but it wuz plain eneuch that the lassies that had cum oot tae gie assistance wuznie gaun tae bae muckle use, fur appearinly the craturs cud dae naethin' but had their hankey's up tae their mooths tae keep themsels frae brustin' oot lauchin'. Hooaniver it shin begood tae bae whusper'd about that the lady, whaiver she was, had got stuck wae her crinoline atween the bak an' front sates o' the carriage an' no yin inch o' her cud budge. The upshot o' it wuz that yin o' the servant lassies wuz sent intae the hoose fur the mester, an' whun he arrived on the scene dae as he wud he cudnie relieve the wumin frae her awkward position. The news o' the wumins plight shin got inside o' the hoose, an' afore lang ivery man an' wumin had gether'd ootside lauchin' an' jibbin' at the pair cratur's misfortin. At lang an' lest A heerd the mester o' the hoose sayin' that there wuz naethin' else fur it but tae sen' fur a kerpinter an' hae the tap tain aff the carriage, an' release the lady that wye. Whun we begood tae unnerstaun' hoo things wur we cudnie help joinin' in the fun caused bae the nesty fix the pair body wuz in. Hooaniver the machine wuz tain roon tae the coach hoose an' the kerpinter sent fur, an' efter aboot an oor's hard work, the wumin was heav'd oot through the roof wae a wundliss. It's as true as daith whut A'm tellin' ye, A ken the wumin weel, an' if A but daur mention her name, A'm shair there's no yin o' ye that reads these lines bit whut kens her as weel as A dae masel. Noo, let me get bak tae the Doodrim Skirt. A wuz toastin' ma taes at the fire the ither nicht, an' Betty wuz sittin' in her chair dozin whun Miss Kirk, wha had bin up at Chucky Mennersins cum in, lauchin' aw iver her face, an' tellin' her Aunty Betty that she shud bin oot tae see the New Britches Skirt that wuz in yin o' the shap wunda's at the ither en' o' Clabber Raw. Betty at first wuznie jist whut ye wud say pleas'd tae bae wauken'd oot o' her sleep. A wush ye had jist heerd yon wee lass describin' the new dress, an' then she finished up bae tellin' Betty that she wuz gaun tae sen hame fur a pair o' her deddy's auld breeks that she micht be in the fashion. A declare tae ye A cud not help lauchin' at the wee lass as she capered aboot, an' getherin' her skirts made a kine o' mak beleeve Doodrim Skirt; whun A seen her A cudnie help thinkin' o' the mornin' efter Betty an' me got merrit. We went hame tae oor ain wee bit hoose on ma daddy's oot ferm, an' the nixt day aboot twal' o'clock, ma mither caw'd bringin' wae her a bunnil o' ma auld duds. A mine weel ma mither opined the percil an' takin' oot a pair o' cordieroy breeks that wur terribly the worse o' weer, she throw'd them tae Betty wha wuz sittin' on the sofa gye'n shy like, an' telt her tae pit them on. Fur my pert A didnae richt unnerstaun' whut she wuz up tae; but ma mither takin' the breeks in her haun went across the kitchen flair an' telt Betty tae pit them on at yince. A wush ye had seen Betty's face – it bleezed up like a foo min in the harvest time. "Ir ye no gaun tae pit them on," says ma mither.

"No," says Betty, pittin' doon her heed tae hide her face, "A hae nae notion o' weerin' the breeks; jist gie them iver tae Wullie there, as he's best entitled tae them." An' frae that time forrit, shud ony wee bickerin' tak place atween us, A wud mine Betty that A wuz mester o' the hoose sae lang as A wore the breeks. But whut changes hiz tain place since then. Tae ma wye o' thinkin' the weemin ir determined if they cannie git men they ir gaun tae mak up fur the deficiency bae deckin' themsels oot like men. A'm no sae shair that they ir takin' the richt wye tae mak the boys toe the line; but efter aw whut else cud be lukkit fur wae the auldir yins that ye wud think ocht tae hae mair sense, haddin' their sufferin meetins an' sickin' like; A think it wud answir the purpose better if these same weemin wud stop mair aboot their ain daurs an' try an' teach their ain dochters hoo tae boil a pritta. Hooaniver, tae mak a lang story short, A suggested tae Betty that we shud aw gaun up tae the shap whaur the Doodrim Skirt wuz an' see the thing fur oorsels. It wuznie lang till we wur oot an' up at the place, but heth it wuz a job gittin' near the wunda avaw. A think every wumin in Clabber Raw wuz yonner but whun the craturs saw Betty an Miss Kirk cumin' they steppit bak tae let us auld buddies gaun forrit. A wush waens ye had seen Betty's face whun she went up tae the wunda. A notished she fitted her specks on her nose twa or three times, then efter gien a bit grunt turned roon an aw A cud hear her say wuz, "The Hizzies."

WULLIE GUNYUN

Chapter 25

Wullie Gunyun an' the Canon

A had bin up as far as the Craft the ither efternin; an wus on ma wye hame through the "Kyber Pass," when wha shud A meet fair in the teeth but ma auld frien, Wullieum Magowan.

Wullieum an me ir terrible weel aquant. A think he wus aboot the furst man A spauk tae whun A tuk up hoose in Bangor, an frae then till noo he hiz bin whut ye micht ca' a regilar vesiter at oor hoose.

A can ashair ye a richt gid nighber Wullieum maks. He's the boy that's no yin bit afeer'd tae pit himself aboot tae dae an auld cratur a gid turn.

Aftentimes A hae heerd Betty say that if she wantit a bit ern din when wee Miss Kirk's no about, ir if she wantit a wheen sticks chappit tae kennil the fire: that aw she had tae dae wuz tae mention the metter tae Wullie Magowan an the thing wuz attended tae as if he wuz a sin o' her ain.

Wullieum is whut ye micht richtly ca' an auld residenter o' the toon, an A'll lay a hapinny that there's no a man, wumin, ir wain inside the lamps o' Bangor the nicht that he disnae ken aw aboot: aye, seed, breed an generation o' them.

Tak it frae me friens; an mine A ken weel whut A'm sayin – if at ony time ye ir at a loss regerdin ony o' yer nighbers' pedigrees – jist drap in an see ma auld frien an A gar ye that ye'll no bae ony langer in the dark.

Weel as A say'd afore A wuz jist comin through the "Kyber Pass" whun A met Wullieum. Fur ma pert A micht hae pass'd bye withoot takin ony notice o' him, as ma auld een hinnae fur some while bak bin jist as sherp as they wur a wheen year ago.

Hooaniver, hearin some yin yelling oot ma name, A stappit in ma traks an afore A had time tae git ma auld legs turn'd roon – Wullie Magowan wuz at ma side.

"Hoo ir ye daein the day, Mister Gunyun? seys he. "Whut's wrang that yir up in this pert o' the toon theday?" "Is wee Miss Kirk aye stopping wae ye yit?" "Whut wye is Mistress Gunyun's pains?" "Hae ye ony cock canaries noo" an a hail string o' sickin ither questins he pit tae me afore A had time tae pit in ma neb.

That's jist Wullie's wye, so wains ye'll unnerstaun hoo it is that he's say weel informed aboot the folk o' the toon: but aw the same ye manie misunnerstaun ir think fur yin minit that Wullieum gits ahint the seams whun wantin information. Na, no yin bit o' him. He jist maks A strecht charge an taks ye bae storm afore ye ken whut yer aboot.

These questins Wullie had pit tae me clean tain awa ma braith: but kennin weel that he didnae care a jot whuther Miss Kirk wuz stappin wae us noo ir no, an that he wuznae likely tae lie awauk at nichts fur want o' the information, A didnae bother takin ony notise o' the questins avaw till he mentioned aboot the canaries. "Weel," sez I, "talkin aboot canaries, A hae a wheen o' as nice linties as iver ye clappit yir een on." "Awa ir that," sez Wullie, "but hae ye, man?" "Aye," sez I. "I hae that, an if ye jist cum awa doon as far as oor hoose A'll show ye a pair o' as nice yins as ye hae seen fur a guid while – that A pit thegither the ither nicht."

"Ir ye gaun tae rear a wheen o' young yins?" sez he. "A'm gaun tae let the birds hae a trial onywye," sez I. That wuz eneuch – Wullie wuznae tae bae haud bak whun he heerd this.

"Man," sez he, "A maun gaun doon at yince an see whuther the yins ye hae paird ir richt matched ir no."

"A'd tak it as a great favour if ye wud," sez I.

Weel it wuznae lang till we wur up as far as oor hoose, an

gaun forrit tae the daur telt Wullieum tae push on in.

As A went doon the hoose tae bring up the birds A cud hear Betty an' Wullie spearin aboot yin thing an anither.

Hooaniver, it wuznae lang till A wuz bak intae the kitchen wae the cage an the twa yella-yorlins an whun A steppit forrit, Wullie snappit them oot o' ma haun the wye A'm shair ye hae seen a hungry dug dae at a weel boilt bain.

Gaun forrit tae the licht, he glower'd at the wee birds as if the pair wee things had din somethin' on him. First he keekit on yin side an' then on the ither. A wheen minits efter this A notished he got a girn on his face as if he had his mooth stuffed foo o' soor leeks. A seen the weeks o' his mooth gittin terrible ticht lukkin an A begood tae tak fear tae masel that maybe there wuz somethin wrang wae the boy. But heth, A wuz shin cleared o' ma doots. Fur Wullie, turnin tae me, gied his upper lip a curl, an sez he, "Wullie Gunyun ye'r an auld fill, that's whut ye ir." "Dae ye no see," sez he, "that ye hae pit an auld blin hen intae the cage tae clock?"

"Weel," sez I, "whut if A hae – wull she no rear as gid young yins as yin that cud see?"

"Awa an tak a rest tae yerself," sez Wullieum. "Dae ye no ken?" sez he, "if ye try tae clock a lachter o' linties wae that auld blin strumpit that the young yins'll aw bae blin tae." Weel A thocht there wuz some truth in whut Wullieum sayd; but aw the same A cudnie unnerstaun hoo it wus that he kent sae quick that the auld hen wuz blin. "Man," sez I, "Wullie, A'm glad ye cum doon wae me, but A suppose A'll hae tae gie up the notion o' rearin ony young birds this saysin ony wye," an' jist then Betty cried oot that "the tay wuz ready." Wullieum hearin this wus about gaun awa hame; but Betty wudnie hear o' ocht o' the kine; an gittin haud o' him bae the erm ordir'd him "tae sit doon in yin minit" – "fur oot o' the hoose no yin blt o' him wud stirr till he got his tay.'

"Indeed, indeed, Mistress Gunyun, A wud reyther gaun hame, fur A ken weel," sez he, "that the gid wife wunnie bae weel pleas'd if A dinnae gaun an hae ma tay wae her." "Oh, aye!" sez Betty, "am shair yir in a sweat whuther the mistress'll bae angry ir no."

"Yir aw alike, you men, whun ye'r oot bye. Ye wad try tae mak fowk beleeve that yir afeerd fur yir life o' the wumin at hame."

"Jist luk at Wullie Gunyun there," sez she; "hoo aften his he no' say'd he diznae care a spittle oot o' his mooth whuther he's hame in time fur his males ir no."

"Och, haud yer tongue – A tell ye A cannie stap," sez Wullieum, "fur tae tell ye the truth A hae a terrible big meetin on the nicht in the Dufferin Haw – but aw the same A'm fur iver obleeg'd tae ye, an noo A maun git awa at yince," sez he.

"Oh, weel, weel," sez Betty, "A suppose if that's the wye o' it ye maun gaun. But tell me, Wullieum," sez she, "Whut kine o' a getherin ir ye haein in the big hoose the nicht." "Gidness, me wumin," sez Wullie, pushin the stump o' a cigarette intae his mooth that he wuz hauddin atween his fingers an' thoom – "dae ye tell me ye dinnae ken that this is tae bae a big nicht in oor place. Wumin, dear," sez he, "the congregation ir gaun tae receive the 'Canon' the nicht."

Noo A kent, Betty didnae unnerstaun ocht aboot this dignity o' the Episcopalian Kirk; but aw the same A jist thocht A wud close ma mooth an listen whut wye she wud dale wae the metter. Efter a time she turn'd tae Wullieum, an sez she, "Wullie Magowan, Gid bae thankit that me an aw belangin' tae me gauns tae a place o' worship whaur they dinnae need ony cannon tae mak the fowk pye attention tae their duty. But, efter aw," sez she, "A cannae say that A'm surprised. The wurl's gaun aw wrang, an A suppose afore very lang we'll bae hain a wheen Lang Tams in oor ain meetin hoose."

Wull tuk aff his cap whun Betty sayd this an gien his heed a bit o' a scart. "A say mem," sez he, keekin at Betty wae the side o' his een. "A'm afeer'd yir no at yersel the nicht. Dae ye ken whut yir takin aboot avaw ir if ye dae yir an auld hypocrite, fur mony an mony a time A hae heerd ye say that ye likit the Rev. Peacock; an whut objection ye can noo hae tae his promotion a cannie unnerstaun."

A wush ye had seen Betty's face whun Mister Peacock's name wuz mentioned – an turnin tae me sez she, "Wullie, whut diz the wain mean avaw? Diz he mean that their gaun tae blow Mister Peacock oot o' a canon?" Wae that A begood tae think the thing had gaun far eneuch so A telt Wullieum tae explain everythin tae hur, an wains dear, whun she heerd that his reverence wus noo nixt tae bein a bishop she clappit her hauns an acted mair like a wain than ocht else.

This A need hardly tell ye pleased Wullieum richtly, an puttin the butt en o' the cigarette in his mooth gied sickin a pooh that he nearly swallow'd dowp an aw. Hooaniver, after a while he got his mooth cleared o' the tobacco, an gien his een a bit rub wae his haun, turned tae Betty, an sez he, "Mistress Gunyun, yer the heart o' coarn, an noo A'll awa an git things in readiness fur the blaw oot in honour o' oor much esteemed Canon Peacock."

WULLIE GUNYUN

Chapter 26

Wullie Gunyun an' the Dug Leeshuns

A think atween dug leeshuns an' census papers the fowk o' Clabber Raw ir jist clean past thimselves.

Nicht efter nicht fur sum while bak yon big room in the Dugs Hame his bin a thrang place an' nae mistauk.

Tae see aw the auld boys gathered roon the fireside these nichts noddin' their auld heeds an' tellin yin anither whut wuz tae bae pit doon unner this heedin' an' whut wuz tae bae pit doon unner that yin wuz nearly as gid as hearin' yir name yell'd oot as the wunner o' the first prize at the Cockle Hill Grand Minodge.

An' A'm tellin' ye that there was a bit scartin o' heeds an' peckin' o' teeth wae sum o' the auld yins as they sut yonner glowerin' ower an' tryin' tae unnerstaun whut wuz tae bae pit doon in yon big blue papers.

A'm shair if it hadnae hae bin fur the gidness o' the skilmester wha unnertuk tae fill in maist o' the papers the boys up in Dublin wud hae had sum divarshun onywye.

No haein' muckle tae dae on Thursday nicht last A thocht efter A got ma tay that A wud jist danner up as far as the Recreashun Rooms fur a bit. Weel A had jist steppit in whun A notished a terrible lump o' fowk gethered roon the big table that rins alang the bottom o' the room.

Aye o' an inqueesitive turn o' mine A cudnae help gaun doon tae the far en' o' the hoose tae see what was wrang. It wuznae lang till A had pushed ma wye weel forrit an' the skilmester gittin' sicht o' me telt the boys tae "stan' aside an' gie Mister Gunyun a sate at the table." Whun A got sated the mester turned tae me an' say'd he wuz richt weel pleased tae see me. "Man," sez he. "A wudnae fur the best males meat that iver crossed ma thrapple hae missed the sport A hae had here wae sum o' the boys an' these papers fur the past twa ir three nichts. Here's Tam Mafeelay's paper that A hae bin tryin' tae fill up fur him fur the best pert o' the last hawf 'oor an' A'm blist tae gidness," sez he, "if A can git din wae it fur splittin' ma sides lauchin'.

"A wuz jist astin' Tam there iz you cum forrit hoo muny males there ir in his hoose, an' Tam tells me that A em tae pit doon that fur his pert onywye he gits fower ivery day, but cud dae richt weel wie anither yin if he cud get it." "Weel weel," sez I, "that's no jist as bad as whut Joanny Boomer telt me whun A wuz fillin' his paper the ither nicht fur him." "Whut wuz that," sez the mester. "Weel sur," sez I, "ye ken whut it asts in the last column there if ye ir troubled wae ony hereditary affliction an' the ansir A got frae Joanny wuz that like his deddy afore him he wuz born tired an' fur aw his savinty-eicht year in this warl that he wuz aye tired yit." This pleased the skilmester ower ocht an' A cud see the great big tears drappin' aff his nose as he held his sides that wur lickin' tae burst wae lauchin' at whut Joanny had say'd. Weel, A wuznae very lang sated aside the mester till someyin cum intae the room an' the fowk jumpit tae their feet an' begood cheerin' till yin cud hardly hear yin's ears. A cudnae see richt at furst wha it wuz that wuz the cause o' the cheerin', but in a wheen minits up cums Alick Maqueelin, better kent as "The Touch," an' sez he, "Mister Gunyun, cud A hae a wurd wae ye please." Weel noo A thocht that it wuz a bit quare-like that "The Touch" wanted tae crack wae me – fur iver since the dirty trick that his mester played on me at the election o' Bangor Councillors, "The Touch" an' aw belangin' tae him his gien baith me an' mine a wide berth. Hooaniver, A got up an' sez I, "Is there ocht wrang wae yer goats Joanny that ye hae sickin' a scar'd luk on yir face." "Na, na," sez he, "Thank gidness the goats ir aw richt aw bit the wee moiley kid that we got frae Conlig last week. It, pair thing, hiz tain the bats, an' the sergint wants me tae pit a stane roon its neck an' throw it intae Puddick's Plirt." "Feth," sez I, "A wudnae advise ye tae dae that fur A'm afe'rd if Mister Coulter, the head sanitary man o' the toon, wud catch ye daein' ocht o' that sort he wud pit ye whaur ye wudnie get sweet-milk naps fur yer supper onywye." "Oh, niver mine," sez Alick. "A'm no bit a bit uneasy aboot the Sergint ir his goats ether."

"Jist lets gaun oot fur a wheen minits," sez he, "as A dinnae want ony o' these boys tae ken oor business." "Weel, noo," thinks I as we past oot intae the road, A wunner whit the buddy's wantin' avaw" – but it wuznae till we got oot an' a gid bit up the Raw afore "The Touch" apined his mooth tae say a wurd. But jist as we wur comin forrit tae the Brig, Alick turned an' sez he, "Mister Gunyun am in terrible bother –". "Whut's the metter," sez I, "Oh weel," sez he, gye shy like – "A canny say that there's ocht wrang, but sur A wud feel for iver obleeg'd tae ye if ye wud help me tae git the leeshuns."

Noo wains whun "The Touch" mentioned aboot the leeshuns A can honestly say that A had nae ither notion in ma heed, but that it was a dug's leeshuns that the cratur wuz in trouble aboot; hooaniver as ye gaun on ye'll see hoo easy it is fur a buddy tae mak a mistauk even whun wantin' tae bae o' help an assistance tae anither yin in distress.

"Hoots-toots man," sez I, "that's a michty sma' metter tae bother onybuddy. Hae ye no bin able tae scrammil the gather the bawbees tae pye the leeshuns whun ye ir in sick a wye."

"Oh aye, A hae the money aw richt," sez he, "but whut A'm bothered aboot iz whaur A hae tae gaun tae git the leeshuns," "an dae ye know whut it iz Mister Gunyun," sez he, "A wud be terrible weel pleased if ye cud see yir wye tae gaun alang wie me till A wud git thim."

Noo A need hardly tell ye that A hae aye tried tae dae a gid turn whaur A cud – so A ashaired Alick that A wud gaun wae him masel tae the place whaur the leeshuns wur tain oot, an telt him tae drap roon tae oor hoose aboot alavin a'clock the nixt morin' an A wud bae ready fur him.

Whun A say'd this A cud distinctly hear "The Touch" gie a great big seech as if a terrible lump had bin tain aff his shoodirs. "Mister Gunyun," sez he, "yir a kinely cratur tae, but A'll no furget ye fur as shair as daith ye'll get the very nixt kid that oor goat his." A thankit "The Touch," an ashaired him A wud bae ready fur him whun he caw'd in the mornin': but aw the same A railly cud not unnerstaun hoo it wuz that Alick wuz in sickin' a wye, aboot takin' oot a bit dug leeshuns.

But heth A wuz mair surprised the nixt mornin' fur wha shud cum chappin' at the daur aboot hawf past eicht but ma bowl Alick. "Gidness me wain, shairly ye maun bae past yirsel whun yir up an' oot sae early this mornin'" sez I, fur A may here tell ye that "The Touch" is no aften kent tae bae oot o' his bed much afore ten a'clock onywye. "Am sorrie, Mister Gunyun," sez he, "fur botherin' ye sae early but the truth iz A cudnae sleep a wink aw nicht." "Man," sez I, "ye maun hae tain this jab o' gittin' the leeshins terribly tae heart." "Weel," sez he, "is it ony wunner – its no ivery day that a fella," sez he, "unnertauks a jab o' the kine an' railly an truly Mister Gunyun," sez he, "A wudnae care hoo shin it wuz alavin till A wud git it iver me." "Ah, sit doon there an' content yirsel'," sez I, "Betty'll bae doon stairs in a wheen minits an if ye dinnae try an git that scaur'd luk aff yir face she'll bae thinkin' that yir in love." "Cud ye no try an git oot afore the mistress cums doon," sez he. A lukkit at the boy fur a minit, an thinks I the cratur cannie bae weel avaw whun he's in sae an excitable wye. Hooaniver A didnae say ocht but jist let "The Touch" sit there an' content himself.

Weel wains efter sum time Betty did cum doon an got things in readiness fur the breakfast, an whun we sut doon tae the table she ast "The Touch" tae sit up an' hae a moothfa' o' tay. But no yin bit o' Alick cud bae coax'd tae join us: an' A micht tell ye friens its aboot the first time that "The Touch" hiz iver bin kent tae refuse a sowp o' gid tay. Betty, A notished, didnae press Alick an' A had a kin o' a notion that if A had furgeen "The Touch" fur whut he did at the election that Betty hadnie forgotten aw aboot it onywye. Weel wains A neednie tell ye that the antics o' "The Touch" up till aboot a quarter till alavin wuz very davertin. Tae watch him as he sut in oor kitchen happin up an doon an ivery noo an' then gaun tae the daur an' cumin' bak an astin if it wuznae time tae gaun, wuz as gid as watchin' a wain takin' its parritch an' tackle. At last A got ma hat an' stick an' tellin' Betty A wud be bak in aboot an' 'oors time set oot wae "The Touch" tae see aboot the leeshuns. Weel, it wuznae lang till we got as far as the Coort Hoose an' whun we steppit in A cud see that Alick's face wuz as pale as daith. Shairly, thinks I, the wain wud bae the better o' a warm drink: but A kent A neednae propose ocht o' the sort tae him till he got his business din. So in we went an richt weel pleased A wuz tae see that it wuz ma gid auld frien' Mister Hunter Barrett that wuz on duty at the resate o' custom as the sayin' is. Mister Barrett wuz gled tae see me, an' shakin' hauns wae me ast me hoo A likit leevin' in Bangor an' hoped that Betty wuz in good health. "Jist tak a sate there Mister Gunyun," sez Mister Barrett, "an' A'll attend tae ye in a minit."

It wuznae lang till Mister Barrett wuz ready fur us – "an' noo," sez he, "Mister Gunyun, whut can A dae fur you the day." "Weel, sur," sez I, "a maun thenk ye fur no keepin' us waitin' but this boy here, turnin' tae Alick Maqueelin wants a leeshuns."

"Gaun forrit Alick," sez I tae "The Touch", "an gie Mr Barrett the perteekilers." Alick got tae his feet but A declare tae you he nearly drappit whun he tried tae gaun iver the table whaur Mister Barrett wuz sittin. Mister Barrett lukkit at the boy, an' A think he saw the buddy wuznae jist feelin' comfortable so sez he in his usual kinely wye, "Dinnae bae afeer'd ma gid man jist keep yirsel at ease an' ansir me a' wheen questins an' ye'll shin git yir trouble ower ye. In the first place whut's yir name?" – "Alick Maqueelin," ansir'd "The Touch." "Whaur dae ye leeve, Alick?" sez Mister Barrett familiar like. "A leeve in nummir ane five savin twa Clabber Raw," sez the Maqueelin. "Male ir female?" asts Mr. Barrett – "Female if coorse," ansir'd "The Touch," as A thocht in a very imperient wye. "Describe her," sez Mister Barrett. "She's o' a moosie broon colour, sherp in the face an' slight o' built," sez Alick gittin' tae his feet an' lukkin' gye an' rid aboot the face. "Ir there ony spots on her," sez Mister Barrett, writin' awa. This questin seemed tae clean upset "The Touch" fur takin' his nieve he struck the table sickin a crack that the ink bottles tumbled tae the flair an' Mister Barrett jumpit tae his feet, an' ast Alick in nae very kinely kine o' voice, if he thocht he wis tryin' tae break clods. "A tell ye whut," sez Alick, "if ye think A cum here tae bae made a lauchin' sport o' yir tirribly mistaukin, an' if ye ast me ony mair o' yir ignirant questins, A'll stuff ma fist in yir mooth, that's whut a'll dae." "Now, now, ma goodman," sez Mister Barrett, "don't get excited, A'm no axin ye ocht that A shudnie. an' unless ye gie me the description o' the bitch A cannie mak oot the leeshuns." But Aleck niver got angry tae noo, an jumpin again tae his feet he aff wae his coat, an' A verily believe had it no been that at that very minit the Sergint o' the police cum'd in that "The Touch" wud hae pit hauns on Mister Barrett. A tried tae sooth Aleck as best A cud, an' say'd that it wuz a nice return he was makin' me fur troublin aboot him an' his leeshuns. This seemed to quaeten him a bit an' turnin' tae me efter he pit on hiz coat – "Iz it ony wunner," sez he, "that A wuz angry whun that man miscaw'd ma intended wife." "He didnae dae ocht o' the sort," sez I, "the man only wantit ye tae gie a description o' the dug tae pit on the leeshuns yir wantin'" – "An whut his a dug tae dae wae the leeshuns," sez "The Touch." "Why," sez Mister Barrett, "is it no a dug leeshuns that yir wantin?" "No," sez Aleck very decidedly, "A want nane o' yir dug leeshuns, whut A dae want is a leeshuns tae aloo me tae merry the dacintest lass in Clabber Raw, an' A'm no the boy tae staun here," sez he, "tae hear that same lass miscaw'd oot o' her name bae Mister Barrett, ir ony ither man in Bangor the day."

Weel noo A need hardly tell ye that we aw felt a bit foolish, an' A think fur ma pert A wuz maistly tae blame fur indeed, indeed A thocht aw the while that Aleck wantit a leeshuns fur a dug whun he, pair cratur wuz lukkin fur the far mair noble permit o' matrimony.

WULLIE GUNYUN

Chapter 27

Alick Maqueelin's Waddin'

A'm shair A needna tell ye wains that the wee bit mistauk A made in takin' Alick Maqueelin tae the Coort Hoose tae git the merrige leeshuns didnae pit the cratur aff his notion o' gaun on wye the job: na, no yin bit o' it – fur efter me an' "The Touch" cum oot frae Mister Barrett, Alick appeared mair determined than iver; an' no yin bit o' him wid let me lay him till A had pit him on the richt trak o' whaur the leeshuns wur tae bae got.

Weel nae metter, but A maun tell ye A lost the big pert o' a hale mornin' rinnin frae yin place tae anither afore "The Touch" got whut he wantit an' a prooder boy A'm shair ye niver clappit een on than Alick Maqueelin that day as he cum doon the road wie the bit paper in his pokit gien him, as he say'd "the royal consent tae mak' the finest wee lassie in Clabber Raw the pertiner o' his joys an' sorrows."

Weel wains whut A'm wantin' tae tell ye mair than ocht else is aboot the fun we had at Aleck Maqueelin's waddin', an' A'm blist tae gidness this day but A cannie help brustin' oot lauchin' ivery noo an' then whun A think o' the capers o' the boys that wur invited tae the carry on that nicht.

Aleck had ast me if A wud bae best man; but A thocht it wuz terrible unbecomin'-like, that an auld mon o' savinty years shud bae ocht o' the sort: an' A telt Aleck as muckle but he jist wudnie hear o' me refusin' avaw, an' efter a gid bit o' talk on his pert A gien in.

"Noo," sez I, "wha's tae bae ma pertiner Aleck?" "Wha else

bit the mistress," sez he. "A'm afeer'd," sez I, "that ye'll hae sum fun gittin' Betty's consent tae bae a brides maid, but fur ma pert A hae nae objections if ye can git her tae say she'll gaun." Jist then it struck me, A had niver ast "The Touch" whut lassie it wuz that wuz gaun tae bae Mistress Maqueelin, so sez I, "afore we pert Aleck, micht A ast yir intendid's name?" "Dae ye no ken," sez he. "Na," sez I. "A dae not indeed an' A'm tellin' ye boy ye maun hae din yer coortin gye sleekit fur A can ashair ye that there's no muckle o' that kin o' wark gauns on aboot the Raw that A dinnae ken aboot." "Man," sez he, "that's whaur the fun o' the thing cums in." "Whut dae ye mean?" sez I. "Weel it's jist this wye," sez he, "A hae made up ma mine tae merry Boag Sally's youngest dochter, an' A'm gaun tae dae it." "Hae ye no ast the lass yit," sez I. "Na," sez he, "A hae not indeed, an tae tell ye the truth Mister Gunyun," sez Aleck, "A hae niver spaukin tae the lass in ma life." "An hoo did ye dae yer coortin'?" sez I. "Oh, weel, as fur the coortin'," sez "The Touch," "A jist pit the glammir on the lass bae takin' ma staun furnenst her hoose an' niver takin' ma een aff the wunda whaur she sut shooin'." "But shairly," sez I, "ye hae telt the lass o' yir intenshuns." "Dae ye tak' me fur a fill," sez he. "Maun," sez Aleck, if A telt her ocht aboot it till the very last minit, A'm afeer'd sum ither chap wud bae cumin' forrit an' snappin' her up afore A got her ringed." Weel noo folk A neednae tell ye A hud ma doots aboot the success o' "The Touch's" courtship, but as A niver kent ir heer'd tell o' Aleck Maqueelin bin bate in ony o' his unnertakins A thocht A wud jist bide awee an' see whut wud bae the upshot o' "The Touch's" new-fangilt wye o' coortin'. Bae this time we had got tae the en' o' the Raw, an' A telt Alick it wuz time we wur steppin' next hame. Weel, iz we wur gittin' on A cudnie help tellin' "The Touch" that he wuz a lucky dug indeed if he cud succeed in makin' Sally's gid-luckin' dochter his wife. "Thank gidness," sez Alick, "A hae got the papers aw richt onywye, an' she's as gid as mine noo; but aw the same A'll no feel content till A hae her tied hard an' fast as Mistress Maqueelin." "Weel, then," sez I, "that's settle't, but whun's the waddin' tae be?"

"Noo," sez he, "A wud hae likit weel eneuch tae hae got it din at yince but A'm gittin' a new sate pit in ma auld breeks an' Joannie Morrishun, the tailor, says he cannie very weel hae them din muckle afore Seterday nicht, so A suppose A'll hae tae wait till A git me breeks onywye." "Oh, weel," sez I, "A suppose ye wull, fur A'm shair ye wudnie luk very weel gaun tae yir ain waddin' waeoot thim."

Aleck gied a bit o' a lauch at this an' sez he, "A'm thinkin' Mister Gunyun there's a bit o' auld Adam in ye yit," an' wae that we had jist aboot reached oor daur.

Aleck wuz jist aboot turnin' tae gaun awa whun A ast him if he wuznae fur steppin' in tae see if Betty wud consent tae bae yin o' the wutness's at the waddin'. "A haud yer tongue Mister Gunyun," sez he, "jist let the auld wife stop at hame an A'll get ye a pertiner masel' that'll gie ye a bit o' fun afore the purceedins is iver." A'm blist if A cud unnerstaun' the cratur avaw, nir yit cud A git at whut the boy wuz up tae; but as A say'd afore A thocht it best tae wait an see hoo "The Touch" wud munage things.

A wheen nichts efter A met "The Touch" bae appointment in the Dug's Hame an' it wuz there he fur the first time disclosed tae me the day set aside fur the waddin'. "Be shair," sez he, "an hae yirsel in readiness fur nixt Wednesday morn." "Hae ye metters aw settl'd?" sez I. "Iverythin's in aipple-pie order noo," sez he, "an A hae gien ordirs tae Mister Flatchir tae hae a cover'd car roon at your hoose at hauf past alavin on Wednes-day nixt, tae bring ye up tae Boag Sally's so bae shair an' bae ready an' no keep Aleck M'Kie waitin' whun he draps roon," an wae that awa went "The Touch" as if he had been fired oot o a katerpouch. A stud fur a while wunnerin' whuttin a kine o' budy "The Touch" wuz. Tae think that that hauf daft cratur wuz purposin' tae merry the nicest wee lassie in ir aboot the Raw – Aye, an' gaun tae merry her whuther she wud ir no fairly dumfoonir'd me: mair betokin' whun A kent that Boag Sally wud scad the boy that daur'd mak' advances tae her gid lukkin' dochter. Hooiniver, its wunnerfa wains whut a boy an' a lassie can dae whun thay pit their heids thegither, an' its nae lee that whun a lassie tak's the notion o' a man its no lockit daurs that'll keep her frae the object o' her affection onywye. Sally's dochter kennin' weel her mither's avershun tae ony manbudy peyin' her ony attenshun an haein, strange tae say, a very tennir feelin' fur Aleck Macqueelin – whun she micht, if she had likit hae had the pickin' o' the best in Clabber Raw – munaged sumhoo ir ither unbeknowins'd tae her mither tae communicate wae "The Touch," an' things had gaun on say weel bae the help o' a blakfit that the pair had arrang'd tae get merrit. But hoo this wuz tae be managed wuz the bother. Hooaniver, wumins wuts wur pit intae operation an' afore lang, Sally's dochter had devised a schame that she hoped wud completely ootwut her mither. Weel, tae git on, it wuz notished fur the past nicht ir twa that Aleck Maqueelin wuz pyin' very close attenshun tae auld Boag Sally hersel' an' whut wuz mair natural than that iverybuddy lukkit on the pair as gid as waddit. Its jist here whaur the hale fun cums in, fur A'm shair whun pair auld Sally fun hersel' bain' whurl'd awa tae the kirk wae Aleck Maqueelin' bae her side – an' her ain bonnie dochter an' auld Wullie Gunyun as wutniss's that the auld cratur had nae ither notion but that she wuz as gid noo as Mistress Maqueelin. Hooaniver, there's muny a slip atween the cup an' the lip, as the auld sayin' hiz it – so noo if ye bae shair tae get haud o' the "Herald" nixt week ye'll see hoo Alick Maqueelin' managed tae jilt pair auld Boag Sally, an' merry the dochter instead.

WULLIE GUNYUN

Friday 28 April 1911

ALICK MAQUEELIN'S WADDIN'

(CONTINUED)

Tae say that Alick Maqueelin's waddin caused a bit o' davershun an' a gye stir aboot Clabber Raw pits the metter very mildly indeed.

On the mornin' o' the big day iverybudy aboot the place that cud pit fit oot an' trevil wur early astir, lang afore the time it wuz kent the perties wur tae gaun tae the kirk: it wuz nixt tae impossible tae git near Boag Sally's home avaw.

Hooiniver, aboot a quarter till alavin o'clock Alick Makie cum drivin' up the Raw in gran' style an' efter nae sma' bother, managed at last tae steer his kerridge an' pair weel up tae Sally's daur.

A'm tellin ye richt weel Alick lukkit in his nice coat o' drab braidclaith an lum hat. The horses heeds wur sportin' white rosettes, an' A notished that Alick had his whup nicely triggit oot wae white streamers tae.

Efter sum time Alick got his horses a kine o' settlet like an' whun he had time tae luk roon A cud see frae whaur A wuz sittin' at Sally's kitchen wunda that Alick wuz jockin' the lasses gether'd aboot. A cudnie weel hear whut the boy wuz sayin': but aw the same A'm thinkin' there wuz some gye smert things pass'd, fur ivery noo an then A cud hear them lauchin' owre ocht.

But wains dear, the fun ootside wuz nithin' tae whut wuz gaun on inside. Alick Maqueelin wuz sittin' on the kitchen sofa wae auld Sally on his knee, an' whun A tell ye that Sally's weicht is sumwhaur aboot savinteen stain, ye'll unnerstaun that the burdin o' "The Touch's" responsibilities wurnie very licht onywye. Pair cratur, ivery time he tuk a sate, doon plumpit Sally on his knee an' ivery noo an' then he wud hae sum excuse tae mak' tae git her tae shift. Yince he got a chance cumin' iver tae whaur A sat an' sez he, "Mister Gunyun if this thing's tae gaun on muckle langer A'll dae sumthin' desper't." "Man," sez I, "yir early gruntin' aboot yir bothers; but let me whusper Sally's a braw hanfu noo, but A'm afeer'd that ye'll fin that she's a hannilin whun she's Mistress Maqueelin."

Tae this Alick didnae mak ony ansir, but gien his mooth a twust pit the maist awfu girn on his face that iver A did see, an' indeed, wains, fur a wheen minits A wuz mair afeer'd that the cratur's cooter wuz gaun tae flit tae the bak o' his neck. Fur my pert A niver did unnerstan' "The Touch," but this last caper o' his made me scart ma heed in earnest an' wunner whut in aw the warl the boy wuz up tae.

Whun A reported that Mister M'Kie had cum forrit "The Touch" gied a loup tae his feet an' sent auld Sally spinnin' unner the kitchen table: an' this mishap wuz nearly the cause o' pittin' a suddin stap tae Alick Maqueelin's waddin onywye. Whun Boag Sally fun hersel' unner the table, she made a scrammil tae git up, but sumhoo ir ither instead o' gittin' tae her feet, doon she went on her mooth an nose, an' brocht aw that wuz on the table in the shape o' tay pot an' cups hauf-fou o' tay aboot her heed. A wush ye had seen Sally's face whun Alick an' me got her fished oot frae amang the table's legs. The cratur lukkit mair like a foo-blided Rid Indian in his best semple o' warpaint than ocht else. Whun she got tae her feet she begood poohin' at the strings o' her bonnet that had got bash'd doon aboot her een, an' whun Maqueelin saw the sicht that pair Sally wuz in he begood tae lauch as if he wur liken tae brust his sides. This conduct o' Aleck's wuz mair than Sally cud thole an', giein "The Touch" a scowl, she up wae the tangs an' gied him sicken a whustle on the lug that he went spinnin' on tae the hab o' the fire. "Oh, ma boy," sez Sally, "A'll gie ye a warmin'," an' as she say'd this she made anither dert at "The Touch," but afore she got her fechtin' erm in ordir Alick wuz up an' oot intae the yerd yellin' blue murder at the tap o' his voice, fur sumyin in mercy's sake tae rin fur Mister Coulter an' the brigade as his hinner en' wuz on fire. A'm tellin' ye baith Sally's dochter an' masel' had oor wark cut oot fur us pittin' things tae richts atween Sally an' "The Touch."

Aw this time the crood ootside wuz gittin bigger an' bigger, an' whun the fowk heer'd the yells o' "The Touch" in the yerd they begood thumpin' at the street daur tae learn whut wuz the meanin' o' the yellin' inside the hoose, au' ye may be shair that the scowls o' Boag Sally an' the yellin' o' "The Touch" no makin' menshun o' the thumpin' at the daur wudnie hae made a stranger think that the fowk inside the house wur makin' preparations fur a metramonial ceremony onywye.

Weel, wains, efter A gid dale o' bother A munaged tae git Sally quatin'd doon, an' whun A got her settle't A went oot tae the yerd tae luk fur "The Touch," but A hadnie muckle bother finin' him; fur the groans o' him micht hae bin heerd far eneuch. Whun A got tae whaur he wuz A nearly chokkit wae lauchin – fur there he wuz sittin in a big weshin tub foo o' water. "Hoots man," sez I, "cum oot o' that at yince ir ye'll get yir daith o' coul." "Oh, fur gidness sake Mister Gunyun," sez Alick, "dinnae let that wummin near me ir she'll split ma heed." "Cum, cum," sez I, "bae a man an' git up oot o' that." "Luk at yir breeks. Ye'll niver bae able tae gaun tae git merit in them wat duds," sez I, an' wae that A pit forrit ma haun' tae gie "The Touch" a bit lift; but he gied sickin a roar that railly ye wud hae thocht that the buddy had gaun past himsel' awtagither. "Fur mercy's sake, Mister Gunyun," sez Alick, "let me sit here an' dee, fur A feel mair like a bran' plucked frae the burnin' than a man wha wants tae gaun tae his ain waddin.”

Weel, the upshot o’ it wuz that at lang an’ last A got “The Touch” intae the hoose, but whun A saw the state o’ his breeks A sent oot tae the daur an’ telt yin o’ the young fellas tae gaun doon tae oor hoose an’ tell Betty tae sen’ me up an auld pair that she wud fin lyin’ in the bottom drawer in the kitchen kist.

It wuznae lang till the wee boy wuz bak wae the dud; but whun Alick got riggit oot in ma gear he wuz a comic lukkin’ sicht indeed. Alick, ye ken, is gye lang o’ the leg, an’ whun A tell ye that yin pair o’ Alick’s breeks wud easy mak me twa pair, ye’ll unnerstaun’ whuttin a sicht he presented whun he cum oot o’ the room wae the lower en’ o’ the trouser legs streckin’ him a wee thing alow the knee. Weel, there wuz naethin’ else fur it but that he maun gaun tae the kirk in ma auld breeks. So efter we got Sally’s face washed an’ riggit oot in anither bonnet, we wur ready tae mak a start.

“Noo,” sez I tae “The Touch,” “pit yir best fit forrit an’ naebuddy’ll bae ony the wiser o’ whut hiz happin’d.”

“Hoo can A dae that,” sez “The Touch,” in a chokin’ kine o’ a voice, “whun A can hardly pit yin leg past the ither.” “Oh weel,” sez I, “dae yir best like a gid wain an’ Sally A’m shair’ll furgie ye yir misdaeins.” “Niver mine, Mister Gunyun,” sez “The Touch,” “A’ll pey her oot fur it yit an’ she’ll bae the sorrie wumin afore this day’s past A’ll ashair ye.”

At last A got aw things settlet atween Sally an’ “The Touch,” an’ afore very lang we wur aw ready tae mak a start.

Me an Sally’s dochter went oot first an’ whun we got tae the daur the fowk gether’d aboot begood tae the cheerin’; but it wuz naethin’ tae the yellin’ that tuk place whun Alick Maqueelin an’ Boag Sally made their appearance.

Hooaniver, whun we aw got sated the wurd wuz gien tae Mister M‘Kie tae mak a start, an’ awa we went at full gallip wae aw the folk rinnin’ efter us like a pak o’ bagles on a warm scent.

Weel it wuznae lang till we wur at the kirk daur; an'gled A wuz indeed whun we got inside the sacred buildin' as A thocht then that shairly ma mornin's trouble wuz near aboot at an end; but heth A wuz tae shin fin oot ma mistauk.

His reverence wuz aw in rediness, so whun we got forrit tae the front pert o' the hoose the minister took his staun afore us.

Noo, A notished as shin as we got in front o' his reverence that Alick tuk aboot a step frae Boag Sally's side an' afore A kent ocht – Sally's dochter, wha wuz bae ma side shifted up atween her mother an' "The Touch."

This move o' young Sally made the minister luk iver his specks, an' giein a wee bit cough like; sez he in a faitherly kine o wye, "ma dear is it no yir mither A'm tae merry?" "No a bit o' it," sez 'The Touch,' "jist luk at the lusheens there," handin the reverend gentleman the wee bit paper, an' ye'll see hoo things staun." Aw the same, this didnae pit auld Sally aff her ain notion – so she left m' side an got in atween young Sally an the Touch; but the lassie wuz ower money fur her – fur she gied her mither a stare, an' sez she, "Awa tae yir ain place there, ye hae had yir turn at this kine o' jab wae ma da wha's deed an awa, an ye maun shairly bae a greedy auld carlin whun ye'er no o' the mine o' giein yir ain dochter yin chance tae git a man." This lifted Sally's dandir, an efter makin yin ir twa ineffectual attempts tae git at her dochter she appealed tae the minister no tae let the young hizzie speerit awa her man frae unner her very nose.

"Ma gid wumin," say'd the minister, "A hae bin luckin iver the leeshuns an A see here A'm tae join thegither Sarah Boag – spinster – aged 20 – tae Alexander Maqueelin – bachelor – aged 35. An shairly," sez he, "ye dinnae mean tae say that you ir only 26 year auld?" "Ir ye no readin the paper wrang side foremaist, sir?" sez auld Sally. "Whut maks ye think that?" sez his reverence. "Just because," sez she, "A'm thinkin ye hae made

a mistauk in readin twenty-six whun it ocht tae read sixty-two."
"Oh. no," sez the minister, "there's nae mistauk, ma gid wumin,
so, please, let us purceed wae the ceremony." An afore Boag Sally
cud weel unnerstaun hoo things wur shapin, the merrige service
wuz begood an ended; an whun auld Sally unnerstud that the
job wuz din atween the Touch an her gid lukkin dochter, she
gied a yell that micht hae bin heard at the heed o' the toon, an
drappit in a cowl feint at the minister's feet.

Weel noo wains A neednie tak up yir time tellin o' the bother
we had bringin auld Sally tae, but heth whun we tried tae git
her bak tae the kerridge ye wud hae thocht that the cratur had
gaun crakit awthegither. No yin bit o' her wud pit her fit intae
the machine avaw, an as the buddy wuz that wakely like that
she cud hurdly pit a fit unner her we had tae mak arrangements
wae Tam Mafeely tae bring her hame in a wheelbarrow. But noo
cums the fun we had on the waddin night, an as A'm afeerd it
wud tak up owre muckle o' yer time tae hear the yarn at the
minit, micht A ast ye tae bae shair an get the "Herald" nixt
week tae hear mair aboot the Touch's waddin an the fun we
had at the hoose-warmin.

Chapter 28

The Clabber Raw Revolt

"Lord, bless Thy chosen in this place,
For here thou hast a chosen race;
But God confound their stubborn face
An' blast their name,
Wha bring Thy elders tae disgrace
An' public shame." [Burns "Holy Willie's Prayer]

Disgrace indeed – the words no strong eneuch – ma auld grey heed is boo'd doon wae shame. Tae think that the folk at the Cooncil Hoose wud hae tain the hap tae dae what they hae din whun they got me awa oot o' the toon.

It's an auld sayin' an' a true yin, "Whun the mester's awa, things gaun athraw."

As maist o' ye nae doot ken A hae bin awa doon at Ballybuttle for the last while bak, helpin' ma auld frien', Wullie Kirk, tae hervest the crap.

A had ma misgaeins aboot gaun avaw, as A had ma doots aboot yin ir twa o' the boys – an' afore A did gaun A made it ma business tae hae a bit crack wae the chairman, an' mak shuir that things wur in order, an' that he had the boys weel in haun – an' it wuz only whun he ashair'd me that he had a brave grup o' the reins that A made up ma mine tae gaun tae Ballybuttle.

Waes the day A tain this step. A had bin doon at Wullie's, A wud say for aboot a fortnicht's time. We had got aw things aboot the ferm weel read up, an' A had set masel tae gie ma auld bak an' shooders a day ir twa's rest afore turnin' yince mair bak tae Clabber Raw.

The churn had bin gether'd in an' hung up fur gid luck in the peak o' the kitchen wa', an' A wuz sittin' as A say'd afore restin' an' watchin' mistress Kirk gittin' the tay ready, whun A notished Wullie Strain's breed kert cummin' thro' the close mooth. As shin as the kert reached the front o' the hoose Mister Strain jumpit doon, an' cummin' forrit tae the daur – geed a genteel-like bit o' a dunt. Mistress Kirk went tae the close at yince an' ast Wullie tae step in. "Na," sez Wullie, "thankin' ye kindly – A'll no gaun in – A hae," sez he, "tae dae ma roons an' A mannie bae stappin', an' wae that he pits his haun intae the leather poke that he keeps his drawins in – an' poohin' oot a letter, hauns it tae tae Mistress Kirk, sayin' that "Mistress Gunyun had sent it oot tae the mester."

"Bae shair an' gee it tae him," sez Mister Strain – an' wae that A jumpit tae ma feet an' gaun forrit masel tae the daur, tuk the letter, an' ast Wullie if there wuz ocht wrang?

A cud see richtly that the boy wuz a wee tain abak – aye, an' A cud weel see that he didnae richt ken hoo tae ashair me. "Cum, Sir," sez I, "dinnae bae feer'd, the dug'll no bite ye, an' A'm no gaun tae pit a haun on ye." "Speak oot like a man, an' tell me this very minit if there's ocht wrang."

"Weel," sez Mister Strain, "if ye maun hae it, the truth o' it is, the folk o' Clabber Raw ir up in apin revelashun, an' aw because o' the misdaeins o' a wheen o' the Bangor Cooncillors. Aye, an' furbye," sez Wullie, "the Clabberoniums ir determined noo tae brack awa frae the Bangor Baird an' hae a cooncil o' their ain. Aye, an' mair than that," sez he, "A heard it say'd twa ir three times last nicht that you yir ainsel, sir, is the very boy that is tae bae perclaim'd furst meer o' Clabber Raw."

Dae ye ken whut it is wains whun Wullie Strain say'd this, the caul sweet brauk oot on me, an' A felt fur a wheen minutes clean tongue-tied awtagither. Efter a time A begood tae feel ma tongue rumblin' roon ma mooth as it wuz tryin' tae fin out whuther the stump o' ma wusdim teeth was still stickin' tae ma auld gooms ir no. Hooaniver after a time gittin' it sumwhut unnir control, sez I tae Wullie – "Ir ye shair wain o' what yir sayin'." "It's as true as daith," sez Mister Strain, "an' dae ye ken whut it is, sir," sez he, "there hisnae bin a closed ee' in Clabber Raw fur the last fower nichts. Aye, an' tak my word fur it," sez he, "if ye dinnae git bak hame at yince, ther'll bae blid spilt yonner afore lang."

"But had awa boy," sez I, "tell me this an' tell me nae mair, wha ir whut's tae blame fur this brackin' oot that ye speak o'?" "A dinnae ken muckle about the parteeclirs," sez Wullie, "an' A'm afeer'd A cannie gie ye the richt wye o' it, but A hae," sez he, "heer'd it say'd that yir auld frien', Mister Sevvige, his bin compell'd tae gie up the chair, an' lay the Council Hoose awtagither, aw because o' the carry on o' yin ir twa o' the boys o' the Baird that posed as his best friens."

"Weel – weel," sez I, "that's eneuch fur me, A cannie say that, A'm jist whut ye micht caw surprised, the Ishmalite maun oot," but turnin' tae Mistress Kirk, "rin awa oot, lass," sez I, "an' tell yir gid man to yauk the auld meer at yince. A maun gae hame. A hae bin ower lang here, an' A'm, A'm" – "an' A'm," sez I, feelin' nearly liken tae choke, "A'm terribly afeer'd that whut ye tell me is jist the beginnin' o' a very bad jab, for the pair hard-wrocht folk o' Clabber Raw."

"Yir no thinkin' o' gaun hame the nicht, shairly," sez Mistrees Kirk." "A em, indeed gaun hame this very minit, shud A trevil it ivery fit," sez I. "But ye'll wait an' hae yir tay afore ye gaun," sez she.

"Meat'll no cross ma mooth till A ken aw aboot the oots an' ins o' this bother," sez I. "Dae ye no think," sez Mistress Kirk, "if ye apined Mistress Gunyun's letter that maybe ye wud git tae ken mair aboot it."

A had clean furgot aw aboot pair auld Betty's letter, an' as A thocht that this wuz a bit o' gid advice, A did apin the letter, an' efter mair ir less bother A fun oot frae the contents that things wur even waur than whut Wullie Strain had say'd.

A gied ma auld heed a bit shake. Wullie Strain gied me a langin luck. "Is there ony mair," sez he. A cudnie speak, but giein' the boy a kinely waive o ma haun, turn'd an' went doon the hoose withoot sayin' a wurd.

> *"O wae upon you, men o' state,*
> *That brethren rouse to deadly hate;*
> *As ye mak mony a fond heart mourn,*
> *Sae may it on your heads return."* [Burns "Logan Water"]

It wuznae a great time efter A had cum ben the hoose till Wullie Kirk steppit in. The mistress telt him o' ma determination tae gaun hame at yince. "Shairly," sez Wullie, "ye'll wait till the mornin' an' I'll drap ye intae Bangor."

"Ye'll jist obleege me bae jist turnin' tae an yaukin the meer in the kert at yince," sez I.

"Ye'll no budge an inch o' ye," sez Mistress Kirk, "till ye baith git yir tay. The eggs ir boilin'," sez she, "an' ye wud luk weel startin' aff on sickin' a jant at this time o' nicht on an empty stamick."

The upshot o' it wuz A had tae stop an' tak ma tay; but it wuznae lang till we started aff wae three 'oors o' a lang caul' ride in an wild stiff kert afore us. A neednie tak up yir atten-shin, tellin' ye o' hoo we pass'd the time on oor journey alang the dark, bleak, moss road that leads frae Ballybuttle tae Ban-gor. Hooaniver at lang an' last we got tae Clabber Raw, an' it wuznae a great time till we arrived at oor daur. Betty had heer'd the kert stappin', an' afore ye cud hae say'd peas the daur wuz flung tae the wa' an' Betty pittin' oot her heed, "Is that you

Wullie?" "Whut wye ir ye wumin," sez I. "Is wee Miss Kirk in the hoose? If she is tell her tae bring oot a chair till A git doon, an' streetch ma auld legs a bit." Miss Kirk brocht oot the chair, an' efter takin' a houl o' the hin' en' o' the kert, A managed tae git scrammilt tae ma feet.

It wuz a wheen minits afore A cud fin the blid rinnin' thro' me auld legs, but whun A cud git yin fit past the ither A dottered intae the hoose. Then the fun begood. Betty had got hersel' sated bae this time at the fireside, an' whun A drappit intae ma ain auld hamely chair A lukkit at her, tae ken whut wye it wuz she hadnie gied me a welcome hame. She had her specks cockit on her nose an' luckin' iver them she kine o' wye notished that A had bin keekin' at her. "Ay, ye ma wee luck at me," sez she, "A wunner what ye hae tae say fur yersel'." "Hae ye nae tay ready fur me," sez I. "A'm jist stervin'." "Weel ye can jist gaun on stervin'," sez she, "fur ye'll no brack breed in the hoose, till ye gaun on up tae the Skillhoose. an' hear whut sum o' the boys that ir forgethir'd there, hae tae say tae ye. Ramsay Shughan an' Tam Mafeeley hae bin doon here about a dizen times the efternoon a'ready tae see if ye wur hame," sez she, "an' A'm thinkin' it wud bae mair licker that ye wud try an' hae mair thochts o' the weelfare o' the folk about the daurs than stuffin' yersel'," sez she.

Weel as A cud see that there wuznae muckle chance o' gittin' ocht till A did as Betty say'd, A oot an' up tae the Skillhoose.

WULLIE GUNYUN

(To be continued.)

The writer intends as far as possible to caricature the doings of the Bangor Council in this series – Editor.

Chapter 29

Clabber Raw

Awa', ye selfish, warly race,
Wha think that havins, sense an' grace,
Ev'n love an' frien'ship shud gie place
Tae catch-the-plack.
A dinnae like tae see yir face,
Nor hear yir crack.

It wuz wae an empty stamack an' a heavy heart that A push't ma wye up the dark an' dreech road; an' whun A got as far as the Skilhoose daur A had a richt gid mine tae turn in ma tracks an' let Betty ken what A thocht o her behaviour.

Just as A had made tae turn wha shud cum oot o' the Skilhoose but Ramsay Shughan an' Joanny Boomer.

Ramsey shin spied me oot bae the licht cumin' oot o' the daur an' rinnin' forrit gruppit me bae the haun'.

"Man," sez he, "bit 'em gled tae see ye, Wullie, boy – whut wye ir ye – me an' Joanny here," sez he, "wur aboot steppin' doon tae your hoose tae see if ye wur hame yet."

"Cum, cum," sez Joanny Boomer – "ye ken the fowk hae been waitin' fur Mister Gunyun tae arrive fur the best pert o' the last 'oor an' a hauf – an' A think Ramsay," sez Joanny, "it wud jist bae as weel if we wud aw get bak at yince, an' no keep the craturs waitin' ony langer."

"The vera thing," sez Ramsay. "A man ast yir pardin, sur," sez he, turning tae me; "fur keepin' ye stannin' oot here in the caul wae ma bletherin' whun it wud bae mair oor common tae bae aw inside tae settle the metters on hauns."

"That's richt," sez Mister Boomer, "let's git inside at yince, an' A gar ye we'll git plenty tae talk aboot fur the best pert o' the nicht onywye."

Wae that, the three o' us steppit intae the Skilhoose; an' A'm tellin' ye A got a surprise that wuz mair than middlin'. The hoose was pack't wae fowk, an' as A made ma wye tae the tap o' the room A wuz clean deev'd wae the yells an' cheers o' the men, weemin, an' wains.

The first yin tae git had o me as A wuz merchin' up the room was the Skilmester, an' afore A cud richt git ma auld een tae thole the glaur o' the lichts, A fun masel sated in a nice cushion'd sate at a lang table streetch'd frae side tae side o' the hall.

Aw this time the fowk wur yellin' as if the wur licken tae brust, but noo that A was settle't, the Skilmester got haud o' a wee haun'-bell, an' gien't a bit o' a jingle, the yellin' an' cheerin' stappit as if he had pitten a paper stapper in ivery mooth in the hoose.

A got a chance noo tae luk aboot me an' A declare this nicht wains – A niver in aw ma born days saw a getherin' o' as nice a lot o' fowk.

Tae see the boonie lassies wae their strippit Wuncey skirts, strekin' a wee thin' allo' the knee, an' their limbs clad in rid an' green stockins, furbye the stoot bats o' boys, comfortably rigged oot in hame-cut moleskins was eneuch tae mak ma auld heart loup, but whun A thocht o' whut wuz the cause o' aw this getherin' thegither A cudnie but help thinkin' o' the lines o' Burns –

> *Lord, help me thro' this warl o' care;*
> *I'm weary sick o't late an' air!*
> *No, but A hae a richer share*
> *   Than many ithers;*
> *But why shud yae man better fare,*
> *   An' aw men brithers?*

Weel as A say'd afore whun the mester rung the bell things quaten'd doon. The Skilmester went forrit tae a wee desk in the middle o' the table whaur A wuz sittin', tuk oot a bunnil o' papers; an' haunin' them tae me, "there sur," sez he, "are your authorities for establishing Clabber Raw a municipal within itself, wae full powers tae nominate, elect, or otherwise appoint fifteen suitable persons tae act as cooncillors for the say'd district; an' we, sur, hae decided," sez he, "tae alloo you tae appoint the first fifteen persons who ye conseedir wud act tae the best o' their ability fur the good o' oor community. We hae, sur, ivery confidence that ye wull mak a selection worthy o' that confidence, an' we therefore submit ye a wheen o names fur yir assistance, but in nae wye bindin' ye tae select ony o' them if no tae yir mine," an' wae that doon he sets himself, layin' on ma auld shooders the hale burden o' makin' sickin' a selection as wud likely meet the mind o' the fowk.

There wuz a deed silence whun the mester tuk his sate, an' fur a wheen minits A sut wae ma fingers wannerin' through what taste o' hair there wuz on ma auld scap. At lang an' last A got tae ma feet, no kennin' richt whut tae dae or say, but jist at that minit ma een lichted on that ill faurd scoondril, Sergint Mawhunnin. In an instant the dirty trick he played me at the last Bangor Cooncil Election flashed intae ma heed. A cud feel the blid fleein' tae ma face, an' afore A kent whaur A wuz ma tongue let lowse. It's wunnerfa wains the feelin' that rins through a budy whun suddenly cumin' face tae face wae yin that hiz din yin a dirty turn. Gitten ma een on the auld devil, the wye a kat wud dae a moose, A startit off – "Men an' Weemin," sez I, "ye weel ken the woefa cause o' oor meetin' thegither this nicht, an' at the affset A feel A em sumwhut tae blame for baein' sae lang awa frae hame fur the upset tae oor gid frien', Mister Sevige; but efter aw it's jist turn'd oot as A expectit. There's a Judas here the nicht amang us wha is responsible fur the maist o' the bother brocht on Clabber Raw, an' A'm determined that he'll fin' that he hiz this time met his match. Tae my mind," sez I, "A think he wud be better employed if he wud gaun awa alang the dyke sides an' gether a bag or twa o' grass, an' feed thon twa auld skins o' goats o' his."

"Nae wunner wains that The Touch left him," sez I, "as he did whun aw that that auld varlet there wud gie the craturs tae eat wuz a wheen pritta skins soakit in a drap o' soor milk. Git oot ye auld snack-drawin' thief, ye," sez I, pointin' ma finger at him, "git oot o' the room at yince, ir A'll cum doon an' gie ye as gid a hiding as iver ye got in yir life." Whun A say'd this A think Mawhunnin tuk fear tae himsel', fur he got tae his feet, an' shakin his auld fist at me, "Ay, A'll git oot," sez he, "but afore A dae gaun A jist want tae tell ye that A'll mak ye rue this nicht's wark," an' wae that oot he pappit.

The groans an' yells tae pit him oot wuz owre ocht an' em thinkin' that it wuz jist as weel that he did gaun as A cud see frae whaur A wuz stannin' a wheen o' the boys spittin' on their hauns, an' giein' their shoodirs a bit o' a rowl as if gittin' intae fechtin' form.

A needn't tell ye wains that bae this time A wuz mair ir less pit aboot, but noo that the auld rascal wuz awa A jist dried the sweat aff ma face, an' telt the fowk that A wud hae naethin' mair tae say, but wud jist suggest that aw the names shud bae pit intae a hat, on separate bits o' paper, an' sum yin o' the wains draw oot fifteen names. "It's jist as gid a wye as ony," sez I.

This notion seem'd tae please the fowk weel, an' it wuz agreed tae pit aw the names intae my auld lum-hat, an' that Chucky Mennersin's young'st lass shud dae the drawin'. It wuznae lang till the Skillmester had aw the names intae the hat, an' it wuz wae mair ir less bother that we got the wain tae lay its ma, an' cum forrit tae the table. A telt the wain as best A cud whut she wuz tae dae an' whun aw wuz in readiness: "Noo," sez I, "jist tak yir finger oot o' yir mooth an' pit in yir haun intae the hat, an' bae shair ye jist tak oot yin paper at a time." This seem'd tae please the wain, fur keekin' intae the hat she lukkit up at me wae a smile on her face, an' ast me if there was ony sweeties in the wee papers. An' whun A telt her that there was not indeed, sez she, "A canny see whut A need pit ma haun intae that dirty auld hat fur?"

The upshot o' it wuz that the wain's mither had tae cum forrit an' explain whut wuz wantit. A'm tellin' ye there wuz quatness amang aw them fowk as the wain tuk up yin paper efter anither. The mester keepin' coont aw the time, an' whun the fifteenth paper wuz pit doon, there wuz a cheer went up that nearly made the wain drap whaur it wuz stannin'. Hooaniver, the bell shin quaten'd things. So A got tae ma feet an' sez I, "Noo fowk ye ir aw agreed tae abide bae the names on these papers, for if no, noo's yir time tae speak. Weel seein' that there's nae objections, A'll noo ast the mester tae caw oot the names o' them that hae bin pickit oot tae form the first Cooncil o' the Clabber Raw Urban Authority."

(To be continued.)

Chapter 30

Clabber Raw Cooncil

As shin as A tuk ma sate the mester begood tae spin oot the wee bit papers; an' A needn't, A'm shair, tell ye that A wuz jist aboot the maist anxious yin in the hale hoose that nicht tae ken wha wur the boys pickit oot tae bae the first Cooncillors o' Clabber Raw.

A cudnie help notishin frae whaur A sut that whun he apined oot the seventh paper that he gied a wee kine o' a start like, an' whun he cum'd tae the elavinth yin A seen as A keekit oot o' the corner o' ma ee – that he begood fingerin' aboot his upper lip as if he wuz tryin' tae fin oot whuther there wuz ony signs o' a stray hair ir twa. This is a kine o' a wye got on ma feelins, an' giein' masel a bit rowl in ma sate, sez I, "sur A wud be furiver ableeg'd tae ye if ye wud jist gaun on an' git the papers apined, niver mine feelin' yir mooth. Ye neednie fear, the hair'll grow richt eneuch on yir face whun ye stap sookin' saps." This remark o' mine seem'd tae pooh the boy up, an' gien a wee bit smile.

"Weel, weel," sez he, "ye'll maybe hae a bit start yirsel whun ye hear sum o' these names."

"Cum, cum," sez I, "niver mine me. We cannie keep the folk," sez I, "sittin' here aw nicht."

"Weel, here goes," sez he, an' takin' up the wee bell, he gied it a bit jingle, an' gien his throat a clearin' sez he, "Men an' weemin, A'm noo aboot tae read oot the names selected fur the first Clabber Raw Cooncil Baird, an' A wud ast ye, no tae mak ony demonstration, but jist keep quateness till A git through an' then ye can gie as muckle vent tae yir feelins as ye like."

"The first name pickit oot," sez he, "is Mister Tam Mafeely, nixt cums Ramsay Shughan, nixt Chucky Minnersin, then Joanny Boomer, nixt Ert Mawhunnin."

"Whut," sez I, jumpin' tae ma feet, "did ye say Mawhunnin?"

"A did indeed," sez he, "jist say Ert Mawhunnin, an' A thocht," sez he, "ye'd hae a bit o' a twust whun ye heer'd that he wuz yin o' the eleckit. Aye, an' furbye," sez he, "an' his brither Screed is eleckit tae."

Whun A heer'd this it wuz jist mair than A cud thole, an' A fell plump doon intae ma sate feelin' as if A wuz gaun tae faint ir sumthin' o' that sort. A think the folk thocht A wuz gaun tae dee, fur a wheen o' the boys cum loupin' tae whaur A sut, an' begood poohin' oot bottles that smelt mair like whusky than "Oddy-golong". Onywye, poohin' masel' thegither A gied ma haun a bit shake, an' yell'd at the boys tae tak their filthy dirt awa, an' let the purceedins gaun on.

"Weel," sez the mester, turnin' tae me, "dinnae blame me fur the turn ye hae tain. Ye ken ye wud hae it, hooaniver A'll jist gaun on, an' the nixt name A see here," sez he, "is a man we aw respect, nae ither than oor auld frien' Phil Delap, an' then cums Alec Maquelin, an' the nixt yin folk, ye'll aw bae gled tae hear, is oor gid chairman, Mister Gunyun."

Noo A maun say the folk behaved uncommon weel up tae this, but whun ma ain name wuz cried oot indeed, indeed ye wud hae thocht that the craturs wuz gaun tae yell their throats inside oot. Fur a time the mester cudnie mak hissel heer'd avaw, but gittin' quateness again he cawd oot the names o' Wullie Mawhaw, Tammy Whunnil, Toad Young, Bud Orr, Boag Mablain, an' Jackie Stricklin.

"There ye ir noo," sez he, "that's the hale rick ma tick, an' ye can aw yell noo as muckle as ye like," an' feth the folk tuk the mester at his wurd, fur ivery man an' wummin got tae their feet, an' the yells an' cheers that cum't oot thon craturs' throats wuz eneuch tae turn onybudy's heed, an' then they begood teerin' doon the hoose tae gie oot, an' fur a while A railly did think that the folk wur bye themsels awthegither.

Whun the Skilhoose wuz weel cleared the mester cum forrit tae me an', sez he, "Weel, Mister Gunyun, ir ye pleased wae the wain's selection?"

A shuk ma heed, an' sez I, "A em not indeed. A'm afeered," sez I, "that them twa Mawhunnins wunnie bae easy tae hannil, hooaniver, they hae bin pickit oot, an' A'm no gaun tae say mair yin wye nor anither," an' wae that we went oot tae the street.

That wuz the biggest nicht iver us in Clabber Raw. The ban' had bae this time turned oot wae drum an' fife, an' whun we got doon as far as Skate Brae, there wur the folk gethered in a big crood, an' whun they spotted the mester an' me, sum o' the boys begood yellin' fur a speech frae Mister Gunyun, an' afore A richt kent whaur A wuz, A wuz lifted off ma feet an' planted on an upturned empty aipple barrel; but nae shinner had ma wecht got on the barrel than doon A plumpit richt through the bottom o' it. Of coorse whun A felt masel gaun doon A made a scrammil tae licht on ma feet; but this only made metters waur fur the nixt thing A mine wuz me an the barrel rowlin' doon the brae like a stripe o' creesh'd lichtinin'.

A'm no likely tae furget the experience A had in thon barrel fur a bit. Ye wud hae thocht that sumbuddy wud hae run forrit an' tried tae stap the barrel; but A'm thinkin' that thon chaps wur mair afeer'd o' their ain skins than they wur o' mine, fur instead o' daein' as A say'd afore, stappin' the barrel, they kept rinnin in front o' it an ivery noo an' then throw'd an auld breek-bat in its pad, nae doot wae the gid intenshun o' stappin' it, but these obstruckshuns only made my sad plight aw the waur. Fur ivery bat the barrel jumpit my auld heed got a dunt agin the side o' it that wuznae canny. Tam Mefeely, A maun say, did mak a brave try tae stap the barrel an' me. This was jist whun we wur coorsin strecht fur the "Plirt Brig," but the weicht o' me an' the speed o' the rowlin' barrel wuz owre muckle fur puir Tam, an' the nixt thing A mine wuz Tam, me, an' barrel in the deepest an' dirtiest pert o' the Puddick's Plirt.

Jist at this minute Auld Mawhunnin wuz passin' the brig wae his twa goats, an' sumbuddy gittin' had o' the goats tether throw'd it tae Tam an' me, an' we begood poohin' thinkin' tae pooh oorsels tae the bank, but instead o' this we jist made metters waur bae drawin' the goats intae the glaur beside us; an' there we wur, me an' Tam, an' the twa goats scrammilin fur dear life.

Hooaniver, we wur aw got oot, but hoo A cannie tell, an' a nice luckin' party we wur. Fur my pert A cudnie help lauchin' whun A luckit at puir Tam, fur no yin bit o' him cud ye see fur glaur. The only pert o' his face tae bae seen wuz his twa een bulkin' oot o' the twa port holes made bae the workin' o' his ee' lashers.

Some time efter this the Skilmester cum forrit, an' sez he, "A wud advise ye baith tae git awa hame, an' git yir wat duds aff, fur if ye staun muckle langer here ye'll baith git yir daith."

"Hoo," sez I, "dae ye think ony dacint buddy cud gaun doon the Raw in sickin' a state as we ir in." "Oh," sez he, "A'll shin manage that," an' the nixt minute he had me intae a wheel barrow an' in a very short time he had me doon at oor hoose. Betty wuz at the daur whaur A wuz emptied at her feet, an' whun the cratur saw the condition A wuz in she gied A skrech an' made intae the hoose as fast as her auld legs wud let her. Bae the time A got scrammil't tae ma ain feet maist ivery wain in the Raw had gether'd at oor daur, an' had it no bin fur the thochtfuness o' wee Miss Kirk tae catch me bae the erm an' pooh me intae the hoose, A verily believe the wee boys wud hae tain me fur A wanner'd scaur craw.

(To be continued.)

Chapter 31

Clabber Raw Election

It's no likely that A wull furget the nicht o' the Clabber Raw Election, fur sum time tae come onywye; an A'm afeer'd it'll bae a wheen days afore ma auld bains wull bae as soople as they wur afore A drappit through the bottom o' Tom Mafeely's apple barrel.

Noo A'll lay it tae yirsels wains – hoo wud ony o' you young yins like tae bae drappit intae an aipple barrel, an' rowl'd doon aboot a hunner yerds o' a steep nap o' a brie, an' then bae wye o' a cooler tae hae plumpit intae aboot fower feet o' a nasty slimy glaur.

It's no that A hae ony fears o' bain droont ir ocht o' that sort, but the chances wur a hunner tae yin o' me bain suffikated.

Hooaniver here A wuz plumpit doon at Betty's feet – an' A'm thinkin' it's no tae bae wunner't at that the puir cratur tain the rummles an' went clean in a deed faint.

This trouble A'm telt maist weemin tak whun ocht befaws the man the care maist aboot, so ye'll unnerstan wains that A wuz mair ir less pleased tae think that Betty had tain ma trouble sae muckle tae heart.

Aw the same A didnae feel very smooth in the temper tae think that A had tae sit in aw ma filth an' dirt while aw hans danced attendance on Betty.

Weel, in aboot hauf an' oor's time Miss Kirk an' a wheen o' the nighbers brocht Betty tae.

Whun Betty first apined her een A wuz A maun declare nearly scaur'd oot o' ma ain wuts – fur efter she gied a grunt ir twa her een lichted o' me whaur A sut – screeched at the tap o' her voice an' pointin' her finger at me yell'd oot, "there it's again – throw it oot wains ir it'll pit hauns tae us." Aw this time wee Miss Kirk was tryin' tae soothe Betty – an' ivery noo an' then the wee lass wud say, "We'll no let him touch ye dear – it's only Uncle Wullie, an' he darnie pit a haun near ye." At last it kine o' a wye dawn'd on the auld wife that it wuz me that wuz the cause o' aw her bother an' fricht, an' let me tak whut A got frae Betty's talkin' piece fur aboot ten minits. Hooaniver, whun aw things wur explained tae her – an' hoo A cum tae bae in sick a wye like maist ither weemin her ragin' turn'd tae roarin', an' afore A richt kent whaur A wuz – she wuz aff her sate an' at me liken a yow an' its lamb – slabberin' an' kissin' me aw iver. Dear me A thocht that the buddy had tain a new notion o' me, an' it tuk me sum time tae git her at arm's length. But whun A did manage tae git her heed oot o' ma face A declare tae ye wains A very nearly went aff in a fit masel.

There she wuz wae as much glaur on her face as there wuz on ma ain. The lang an' short o' it wuz that Miss Kirk had tae scrape us baith afore she cud trig us oot tae luk onything like presentable avaw.

At last aw things got a kine o' wye settl't like an' A had tae turn tae an' tell the hale oots an' ins o' ma strange ride in the aipple barrell.

"Weel, weel," sez Betty, "it's no jist as bad as it micht hae bin, an' A'm thinkin'," sez she, "gettin' intae the Clabber Raw Cooncil wuz weel worth the dookin' ye got." Betty hadnie richt got this oot o' her mooth – whun there was a thump cum tae the daur liken tae knock it oot o' its cheeks – "Wha in the name o' aw that's gid, is hammerin' at the daur like that," sez Betty – wee Miss Kirk an' a wheen o' the fowk that wur still in the hoose offered tae gaun an' see – but A telt them jist tae bide awee an' sit still – an' A wad gaun an' see masel, fur A kent nain but sum unmennerly couff wud cum tae Wullie Gunyun's hoose in ony sickin' a wye.

"Weel," sez I, whun A got the daur apined, "whut's liken the metter whun yir tryin' tae bring the hoose doon aboot oor lugs?"

"Whut's wrang!" sez a voice that A thocht A shud ken – "whuts rang, an' daur staun there, ye dirty auld sneakin' tyke, an' ast me whut's rang; let me tell ye ma auld boy, if ye dinna haun me iver ma twa goats at yince, A'll pit ye whaur the craws'll no licht on ye for a bit onywye."

"Is that you, Sergint Mawhunnin?" sez I, fur A cudnie bae richt shair in the dark, an' didnae want tae bae makin' ony mistak afore answerin the boy.

"Ay, it's jist me, an richt weel ye ken it's me," sez he, "an' if ye dinnae haun iver ma goats at yince, ye'll ken that Sergint Mawhunnin's no tae bae made a puppy o' bae an' auld farlin like you."

"The dear man," sez I, "ye maun bae in a bad wye, an' fur my pert," sez I, "A'm thinkin' ye shudnie tak things sae terribly tae heart aboot them twa auld hauf-sterved deein' clooties, whun yir left wae a pair o' twa-leggit goats that hae bae sum mischance this nicht bin eleckit tae Clabber Raw Cooncil Baird."

"Had a wee," sez he, makin' a step forrit as if he wur liken tae streck me, "A'm A tae unnerstaun ye tae caw my twa sins goats?"

"Weel," sez I, "if A'm tae judge them avaw bae their deddy A cannie see hoo they can bae ocht else," an' when A say'd thet, A gied the auld deevil a shove that sent him fleein' heed first intae a tar barrel that had bin left unlichted jist ootside oor daur step. Whun the fowk in oor kitchen heerd the rummil o' Mawhunnin in the barrel they cum rinnin tae the daur an' hearin' the hauf smother'd yells made a dive forrit, an' gittin' haud o' twa kickin' legs brocht forth whut wuz yince the trig streight bakit Mawhunnin, but whut noo lukkit mair like a Rid Indian in his best war-paint.

"Noo," sez I, "Sergint that's yin bit o' ma ain bak again, an' ye can jist gaun awa hame noo an' tell yir twa young bucks that A'll meet them gid wullin' on Tuesday nicht nixt, at the first meetin' o' the Clabber Raw Cooncil Baird."

> But list ye think that A'm uncivil,
> To plague you wae this drauntin' drivel,
> Abjurin' aw intentions evil,
>   A quat ma pen,
> The Lord preserve us frae the devil.
>   Amen! Amen!